Beverley Naidoo

Non voltarti indietro

traduzione di Simona Mambrini

JUNIOR MONDADORI
Collana diretta da Francesca Lazzarato

MONDADORI

Per Maya e Praveen, nati in esilio,
e per i bambini del nuovo Sudafrica

ragazzi.mondadori.com

Pubblicato per accordo con Viking UK, part of Penguin Books Ltd.
Titolo dell'opera originale *No Turning Back*
Prima edizione settembre 2002
Stampato presso Mondadori Printing S.p.A.
Stabilimento N.S.M., Cles (TN)
Printed in Italy
ISBN 88-04-51104-4

Un bambino di strada è un dono di Dio

Che ci fa questo dono di Dio sulla strada?
Dove va a dormire?
Per strada o in un letto, come te?
Che cosa mangia questo bambino?

Questo bambino ha un sogno
ma vive per strada
e non può realizzarlo.
Si droga per dimenticare se stesso.
Che ne farà della sua vita?
Quale futuro avrà sulla strada?

Quando scende la notte
si cerca un posto per dormire
e si droga
per sognare di avere un tetto
come te
e dormire in un letto
avvolto da calde coperte.

Ma è soltanto illusione e fantasia.
La verità è che dormirà per strada
al vento e alla pioggia.

Quando soffre
chi si occupa di lui?
Chi pensa a curarlo
o a portarlo dal dottore?
Non può fare altro che
sperare di guarire da solo.

Questi bambini sono
persone come noi:
aiutiamoli.
Sono un dono del Cielo.
Non dimentichiamoli.

Webster Nhlanhla Nxele
Street-Wise, Johannesburg

Nota: Desidero rivolgere uno speciale ringraziamento a Webster Nhlanhla Nxele, autore di questa poesia. Ex bambino di strada, lavora come aiuto educatore presso il centro di accoglienza Street-Wise per bambini senzatetto a Johannesburg.

1

In fuga

Mentre si avvicinava in punta di piedi al letto della madre, Sipho si appoggiò al tavolo per ritrovare l'equilibrio. Con il fiato sospeso, lanciò un'occhiata alle figure addormentate. Due forme grigie che avrebbero potuto animarsi da un momento all'altro. Da un esiguo riquadro di plastica sopra il letto filtrava la luce fioca di prima mattina. Sua madre giaceva vicino alla sponda, una mano sul ventre arrotondato. Il suo patrigno russava pesantemente, un omone allungato di traverso sul letto. Ogni respiro rischiava di turbare l'immobilità della stanzetta. Mancò poco che un sospiro della madre gli facesse cadere di mano la borsetta e lo inducesse a rinunciare all'impresa. Le sue dita si chiusero sugli spiccioli. Dopo averli afferrati, si voltò e uscí silenziosamente dalla stanza. Passò accanto al tavolo di legno scheggiato, alla stufa a cherosene e alla pentola con dentro la zuppa della sera prima, ormai fredda; accanto al suo materasso sul pavimento, alla credenza fatta di cassette che un tempo contenevano arance, e uscí. Richiuse la porta con cautela, pregando in cuor suo che il gran russare coprisse lo scricchiolio dei cardini.

Quindi si mise a correre. A testa bassa, zigzagava attraverso il mosaico di baracche nella grigia luce dell'alba, augurandosi malgrado tutto che nessuno lo riconoscesse. Le sottili lame di luce gialla e l'odore delle lampade a olio dietro le lamiere e le assi di legno indicavano che era l'ora del risveglio. A quell'ora sua madre e "lui" sarebbero stati in piedi, se avessero avuto un lavoro. Il cuore batteva forte nel petto di Sipho, agitandosi all'impazzata come la coda di un cucciolo fuori dalla gabbia. Doveva cercare di riprenderne il controllo, prima di arrivare al posteggio dei taxi.

Si lasciò alle spalle le baracche e oltrepassò di volata il negozio sprangato per la notte. In quel punto poteva essere visto piú facilmente. La via piú rapida sarebbe stata quella di tagliare per il dormitorio maschile. Ma era pericoloso. Le pallottole che a volte sfrecciavano tra il grande edificio tetro e le case attorno avevano già ucciso diverse persone. Nessuno poteva dire quando sarebbero ripresi gli scontri e la madre di Sipho gli aveva proibito di avvicinarsi a quel posto.

«Quelle pallottole non si fermeranno certo a chiederti chi sei» gli aveva detto. Ma perché avrebbe dovuto dare ascolto a sua madre, ormai? Comunque era piú sicuro fare il giro lungo e passare accanto alla scuola.

La luce smorzata che proveniva dalle case rischiarava la strada, e in alto, sopra la sua testa, i tubi al neon splendevano timidamente attraverso il fumo. Le vie erano già popolate da persone dirette per lo piú verso la stessa meta. Sipho rallentò il passo. Avrebbe potuto attirare l'attenzione, se avesse continuato a correre. Dopo aver oltrepassato la rete metallica che recintava la scuola, raggiunse l'altro lato della strada. Anche se il cancello era chiuso, temeva che il preside potesse spuntare all'improvviso da dietro l'edificio in mattoni rossi e chiedergli dove stava andando.

Il posteggio era pieno della folla mattiniera che faceva la fila per salire sui taxi collettivi. Gli ambulanti avevano sistemato le loro bancarelle. Alcune delle persone in coda reggevano borse e scatoloni, forse piene di oggetti da vendere in città. C'erano tanti taxi che Sipho doveva fare attenzione a prendere quello giusto. Si guardò rapidamente intorno e notò che una donna lo stava fissando. Doveva avere piú o meno l'età di sua madre e portava un bambino sulla schiena. No, non si sarebbe rivolto a lei. Si allontanò e domandò a un tizio quale fosse la fila per Hillbrow.

— Va bene qualsiasi taxi diretto a Johannesburg centro. Da quella parte. — L'uomo indicò un punto in cui la calca era particolarmente fitta.

Mettendosi in coda, Sipho era compiaciuto con se stesso per essere riuscito a porre la domanda con tanta disinvoltura. Sperava soltanto che la fila scorresse rapidamente, in modo da permettergli di montare sul suo taxi il prima possibile. Continuava a guardare in direzione della scuola. E se sua madre si fosse svegliata? Non se la sarebbe certo sentita di venire a cercarlo di persona, ma gli avrebbe sguinzagliato dietro il patrigno che, anche nel caso fosse sobrio, sarebbe stato furioso. Sipho se lo immaginava benissimo mentre si faceva largo tra la folla, sbraitando il suo nome e domandando in giro se nessuno avesse visto un ragazzino sui dodici anni... uno con le orecchie grandi, di quelle fatte apposta per essere tirate.

Rabbrividí e si calcò in testa il berretto di lana. Faceva freddo. Avrebbe fatto meglio a mettere due maglioni. Ma negli ultimi tempi non si sentiva granché lucido. Dall'ultima volta che era stato picchiato. Non sapeva se perdonare o meno sua madre. Se davvero non voleva che il patrigno finisse per ammazzarlo, perché si lamentava continuamente con lui? Sapeva benissimo che carattere terribile aveva. Sipho aveva tentato di spiegare che non l'aveva fatto apposta, a tornare tardi. Il suo amico Gordon l'aveva invitato a casa sua a guardare la tv e lui non aveva intenzione di trattenersi a lungo, ma la madre di Gordon era rimasta al lavoro fino a tardi e nessuno gli aveva ricordato che ora fosse. Un film dopo l'altro, Sipho si era completamente dimenticato che sua madre lo stava aspettando nella baracca, da sola, mentre il suo patrigno era fuori a bere. La mamma piangeva spesso. Già, era diventata parecchio nervosa da quando era stata costretta a lasciare il lavoro per via del bambino. E, insieme a sua madre, tutto il resto era cambiato.

La coda avanzava a scatti. Avrebbe dato qualsiasi cosa perché si muovesse piú in fretta. *Shesha! Shesha!* Spostando di continuo lo sguardo dai taxi alla strada, osservava con impazienza i veicoli che filavano via uno dopo l'altro. Stava tra un uomo in salopette e un'anziana signora con una grande sporta di plastica. La sporta continuava a sbattere contro le gambe di Sipho, ma la donna non se ne accorgeva neppure, occupata com'era a chiacchierare con la signora dietro di lei.

— È proprio qui che gli hanno sparato. Stava esattamente dove mi trovo io adesso. E io ero là, vicino al taxi.

— Già, questo posto è davvero pericoloso — ribatté l'altra.

Sipho scrutò con attenzione il selciato attorno ai suoi piedi. Quella chiazza leggermente piú scura era sangue umano?

— Andiamo, ragazzo! Questo taxi non può mica aspettare tutto il giorno!

Catapultandosi verso la portiera aperta, Sipho salí a bordo.

Si ritrovò incastrato tra l'uomo in salopette blu e un altro tizio, mentre di fronte a lui andò a sedersi la vecchia signora con la sporta. Non appena il taxi si mosse sobbalzando, Sipho si sentí addosso gli occhi della donna, e distolse lo sguardo. Gli ricordava sua nonna Gogo, alla quale bastava un'occhiata per metterlo completamente a nudo. Non poteva nasconderle nulla. Però era straordinariamente comprensiva. Come quella volta che aveva convinto l'allevatore bianco a venderle per pochi soldi il cucciolo nero che Sipho desiderava tanto.

Ma era successo molto tempo fa, prima che Gogo morisse. E con la sua morte erano cominciati i problemi. La mamma era venuta a prenderlo nella fattoria tra le colline per portarlo a vivere con sé in città. Durante il viaggio gli aveva parlato dei grandi palazzi, delle ampie strade piene di luci e di negozi, e lui ne era rimasto affascinato. Erano arrivati col buio, e dal bus la città aveva un aspetto magico: era come se migliaia di stelle fossero cadute sulla terra per brillare ai loro piedi. Dal taxi che li portava verso la *township*[1], Sipho aveva potuto vedere soltanto di sfuggita le luci scintillanti delle vetrine. La mamma gli aveva promesso che un giorno, se nel posto dove lavorava le avessero dato un permesso, lo avrebbe portato in città.

— Che cos'è quello, ma'? — aveva chiesto, indicando un grappolo di luci che sovrastavano tutto il resto con il loro bagliore e illuminavano quello che sembrava una specie di tamburo gigante, con due enormi occhi rotondi rivolti al cielo nero.

— È la torre Hillbrow — gli aveva spiegato sua madre.

Sipho era rimasto sgomento di fronte a tanta stranezza, e non era riuscito a distogliere lo sguardo finché l'edificio non era scomparso alla vista.

Quando avevano raggiunto i sobborghi, il panorama era cambiato completamente. Ma non era questo il problema: perché sua madre non gli aveva parlato del patrigno finché non si erano ritrovati a incespicare nel buio mano nella mano, tra le baracche? L'apparire di quella gigantesca figura, che con la testa sfiorava il soffitto, era stato un vero e proprio shock. — Cosí è per questo qui che frignavi — aveva detto l'uomo, degnando a malapena Sipho di uno sguardo. Dopodiché aveva spalancato

[1] La *township* è una città-ghetto dove vive la comunità nera, separata da quella dei bianchi.

bruscamente la porta e, chinando il capo, si era precipitato fuori. La donna aveva provato a richiamarlo, inutilmente. Piú tardi, mentre dormiva su un materasso disteso per terra accanto alla porta, Sipho era stato svegliato da urla e bestemmie. Il suo patrigno era rientrato e la mamma stava tentando di calmarlo. Sipho aveva cercato di non sentire, tirandosi le coperte fin sulla testa.

Da allora erano passati piú di sei mesi e, anche se qualche volta Sipho era uscito dalla *township* con la madre per andare al supermercato, non aveva ancora visto la città. Lei aveva perso il lavoro prima di poter mantenere la sua promessa. E ora lui stava percorrendo un'autostrada a tutta velocità, diretto a Johannesburg. Da solo.

2

Hillbrow

BP... SHELL... HONDA... COCA-COLA... Le insegne delle autorimesse e dei grandi edifici cubici di metallo, cemento o mattoni si stagliavano su tutti e due i lati della strada. Allungando il collo, Sipho scorse un viavai di persone che entravano e uscivano da portoni e cancellate. Gli vennero in mente i giorni in cui sua madre lavorava al caffè. Il salario di cameriera non era un gran che, ma, dato che riceveva la paga ogni venerdí, il suo patrigno non era sempre cosí in collera. Purché avesse i soldi per la birra. Ma finivano lo stesso per litigare. Come, per esempio, quella volta che sua madre aveva dovuto comprare la divisa scolastica di Sipho. Ma le baruffe piú violente erano cominciate quando la mamma si era ingrossata per via del bambino, e il proprietario del caffè l'aveva licenziata. Da quel momento non si poté piú contare sulla regolare entrata del venerdí. Forse, se la mamma avesse avuto ancora il suo lavoro, a lui non sarebbe mai venuto in mente di fuggire...

All'improvviso il conducente fece una brusca sterzata e imprecò contro un altro taxi che aveva invaso la carreggiata in fase di sorpasso. L'anziana signora dirimpetto a Sipho commentò: — Perché questa guerra continua, figli miei? Assistiamo alla morte ogni giorno.

Sipho si sentí sollevato: la donna non lo fissava piú. Era la piú anziana tra i presenti e sembrava che non si rivolgesse a nessuno in particolare.

— È vero, *Mama* — le rispose l'uomo in tuta blu. — Non c'è piú un posto sicuro al giorno d'oggi.

— La mia povera testa è troppo vecchia per capire tutto questo — continuò la donna. — Perché il fratello uccide il fratello?

Sua madre diceva le stesse identiche parole. Fratello che uccide il fratello.

Una donna dall'aspetto elegante, vestita di nero e con una valigetta marrone in grembo, si rivolse all'anziana signora: — Speriamo che le elezioni ci portino la pace, *Mama*. Quando ognuno avrà messo la sua bella X sulla scheda, non ci sarà piú ragione di combattersi.

La vecchia sospirò, il suo viso segnato da profondi solchi somigliava alla corteccia di un albero secolare.

— Avete sentito quel che ha detto Nelson Mandela alla TV, ieri sera? — chiese l'uomo in salopette.

— Parla già da presidente — disse una voce dalla fila posteriore.

Via via che la conversazione si animava, Sipho ascoltava soltanto a metà. Doveva tenere d'occhio il tragitto. Le autorimesse e le fabbriche avevano ceduto il posto a negozi e abitazioni di forme e dimensioni differenti. Qui non c'erano baracche. Il sole del mattino rischiarava i muri bianchi e i tetti rossi delle case, ciascuna con il proprio giardinetto e il marciapiede a dividerla dalla strada asfaltata. Non come nella *township*, dove capanne e baracche si ammucchiavano ai lati della strada sassosa e polverosa. Piú avanti, ecco un gruppo di edifici che si innalzavano fino al cielo. Uno era piú alto degli altri, e Sipho riconobbe il tamburo di cemento dai grandi occhi rotondi. La torre scomparve alla vista e le dita di Sipho si strinsero con forza attorno al bracciolo.

— A sinistra, fermata per Hillbrow! — gli segnalò il bigliettaio. Il taxi sobbalzò e stridette mentre il conducente voltava a sinistra. Facendo attenzione a non inciampare nei piedi o nei bagagli di qualcuno, Sipho raggiunse l'uscita. Avvertiva lo sguardo della vecchia su di lui. La porta scorrevole non fece nemmeno in tempo a richiudersi, che già il veicolo aveva ripreso a correre verso il centro città.

Fermo all'angolo, cercò di orientarsi. Il traffico proveniva da ogni direzione e l'odore di benzina era insopportabile. Gogo diceva sempre che l'aria di città era avvelenata, e adesso Sipho capiva perché.

— Scansati! — Un'enorme mano lo spinse bruscamente di lato. — Ci farai fare tardi al lavoro!

Sipho si guardò intorno per individuare la strada da prendere. Una valeva l'altra. A parte l'autorimessa di fronte, tutt'intorno non c'erano altro che alti edifici le cui vetrate riflettevano la luce del sole. Le strade erano piene di negozi e i venditori ambulanti stavano sistemando le loro bancarelle lungo il marciapiede. A poca distanza, una donna seduta per terra disponeva su una coperta tanti piatti di plastica: dentro ognuno di essi c'erano un'arancia, una mela e una banana. Tra l'uno e l'altro erano accumulati dei dolciumi. Sipho si frugò nelle tasche, tirò fuori le poche monete che gli restavano e spese novantasette centesimi per una manciata di caramelle. Ne assaggiò una di un rosso acceso, al gusto di ciliegia.

Perché non proseguire lungo quella strada? Non c'era nessun bisogno di affrettarsi, ormai. Non aveva un posto dove andare, nessuno lo conosceva e lui non conosceva nessuno. Sapeva soltanto quello che gli aveva detto il suo amico Gordon. Che lí in città molti bambini vivevano per strada. Gordon era stato a Hillbrow e li aveva visti chiedere l'elemosina o fare dei lavoretti. Per procurarsi da mangiare. Anche Sipho avrebbe fatto cosí. E, con un po' di fortuna, avrebbe potuto trovarsi degli amici.

Camminava lentamente, osservando le vetrine dei

negozi. Rimase di stucco davanti a un materasso che veniva venduto a 475 rand. Quasi 500 rand per un materasso! Sua madre aveva fatto i salti mortali per racimolare i 20 rand necessari per comprare un materasso usato dal robivecchi. Dietro il materasso c'era un cassettone il cui prezzo era di 600 rand. Che prezzi! A casa sua si usavano scatole di cartone per riporre i vestiti. Davanti al negozio di scarpe, rinunciò a indagare i prezzi e si accontentò di studiare la merce esposta. Come gli sarebbero state quelle scarpe bianche da Kung Fu? Si immaginò in una perfetta tenuta da Kung Fu: Sipho, il ragazzo piú forte del mondo! Se davvero lo fosse stato, il suo patrigno non avrebbe osato mettergli le mani addosso.

I negozi erano molto diversi da quelli della *township*, dove merce di ogni specie veniva ammonticchiata in uno spazio ristretto. Ogni negozio esponeva articoli diversi: abiti, elettrodomestici, medicinali. C'era persino un negozio in cui vendevano soltanto libri. Tuttavia fu una vetrina stracolma di macchine fotografiche a riservargli le sorprese migliori. Se soltanto Gordon fosse stato lí! Lui ne sapeva parecchio di macchine fotografiche, dal momento che suo zio faceva il fotografo. Qualche volta loro due avevano giocato a scattarsi buffe foto l'uno con l'altro, per finta. Chissà cosa avrebbero potuto fare con quella macchina dal potente obiettivo! Cercando di immaginare come sarebbe stato tenerla in mano, da vero fotografo, fece qualche passo indietro senza accorgersi del corpo sdraiato vicino all'ingresso del negozio, sotto una coperta.

— Dannato imbecille!

Con sua somma meraviglia, da sotto la coperta spuntò un uomo con una zazzera di capelli cespugliosi e aggrovigliati e una voluminosa barba rossa. Un bianco.

— Perché non guardi dove diamine metti i piedi? — grugní l'uomo.

Sipho indietreggiò, scusandosi e passò rapidamente

oltre non senza voltarsi per dare un'altra occhiata. L'uomo si sdraiò di nuovo, avvolgendosi nella coperta. Un sacco di gente di colore non aveva un posto per dormire, ma i bianchi non avevano tutti una casa? Gordon gli aveva parlato dei *malunde*, ragazzi come lui che vivevano per strada. Ma non aveva detto nulla a proposito di bianchi che dormivano sui marciapiedi.

Dall'altra parte della strada, un'insegna a grandi lettere rosse prometteva GIOCHI E DIVERTIMENTI. Benché il locale fosse chiuso, Sipho attraversò la strada e cercò di sbirciare attraverso le sbarre. L'interno era buio, ma riuscí a scorgere ugualmente svariate macchine dalle luci lampeggianti.

— Ti piacciono i videogiochi? — chiese una voce.

Alzando lo sguardo, vide un uomo bianco con i baffi neri, che gli sorrideva. Stava sistemando magliette e jeans su un banco all'esterno del negozio accanto. Non sapendo bene che cosa rispondere, Sipho annuí.

— Stai attento a non spenderci tutti i tuoi soldi! — lo mise in guardia l'altro.

Sipho annuí di nuovo. L'uomo non sembrava arrabbiato, aveva piuttosto un tono da professore. Inquieto, anche se avrebbe desiderato soffermarsi un po' piú a lungo a osservare i giochi, Sipho si voltò e proseguí a passo spedito.

Le strade si stavano riempiendo di gente. In attesa che il semaforo diventasse verde, si mise a osservare le automobili che sfrecciavano. Alcune erano tutte nuove e lucide. Come la scintillante Benz azzurrina che, dopo aver svoltato, si era arrestata bruscamente all'isolato successivo. All'improvviso due ragazzini dell'età di Sipho si materializzarono dal nulla, uno sul marciapiede, l'altro sulla strada, e cominciarono a guidare l'autista nell'area di parcheggio. Agitavano le braccia e gli facevano segno mentre l'auto manovrava avanti e indietro, finché si fermò. Attraversata la strada, Sipho osservò una signora dai capelli castano chiaro uscire dalla macchina. La donna ignorò il ragazzino sul marciapiede, che indossava una vecchia felpa con un cappuccio tirato sulla testa, e che aveva teso la mano verso di lei.

— Ci penso da sola al parchimetro — disse la signora.

Studiò accuratamente le indicazioni riportate sull'apparecchio piantato a lato della strada, prima di introdurvi le monete a una a una e ruotare il perno di metallo fino a farlo scattare. Dopodiché frugò nella borsa e depositò una moneta nelle mani del ragazzino incappucciato.

— Fate buona guardia — disse, lanciando una rapida occhiata a tutti e due prima di sistemarsi la borsa a tracolla e affrettarsi lungo il marciapiede.

Il ragazzino che aveva ricevuto la moneta la mostrò all'altro: dieci centesimi. Sipho si stava giusto chiedendo se andare a parlare con loro, quando il ragazzo che era rimasto sulla strada gli si avvicinò. Era il piú grosso dei due e indossava quella che si sarebbe detta una giacca militare marrone, troppo grande per la sua taglia. Il naso gli colava, e per pulirselo usava una manica.

— Ho visto che ci stavi guardando — disse. La voce era bassa e roca.

— *Heyta buti!* — li salutò Sipho con una punta di nervosismo. — Sono nuovo di qui.

— Da dove vieni? — domandò il ragazzo con il cappuccio. Sipho raccontò di essere fuggito quella mattina dalla *township*.

— E perché sei scappato? — chiese il ragazzo con la giacca militare.

— Ci stavo male là — rispose Sipho. — Non potevo piú stare a casa mia.

Non confessò di aver rubato i soldi dal borsellino della madre. Era qualcosa che preferiva dimenticare e del resto gli altri non gli avevano domandato nulla. Tuttavia non sembravano sorpresi.

— Ho bisogno di guadagnare. È difficile?

— Il posto migliore è al supermercato Checkers. Se spingi il carrello per la gente, rimedi qualche spicciolo o qualcosa da mangiare — disse l'incappucciato.

— A volte non rimedi niente di niente e fai la fame — disse l'altro brutalmente. Inclinando la testa, guardò Sipho e aggiunse: — Hai mai mangiato un gatto?

Colto alla sprovvista, Sipho fece una smorfia di disgusto.

— Non ti preoccupare. Non dice sul serio — lo rassicurò l'altro con un risolino. Poi, rivolgendosi all'amico, disse: — Ehi, Joseph! Ti sei fatto fuori tutti i gatti di Soweto e ora vuoi cominciare a Hillbrow!

Joseph protese il braccio per acchiappare il ragazzo con il cappuccio, che però era già fuori portata e chiamava Sipho ad alta voce, invitandolo a seguirli.

— Ti porteremo da Checkers, cosí vedrai com'è.

3

Primi guadagni

Jabu, il ragazzo incappucciato, disse che Checkers non era lontano. Sipho offrí loro le sue caramelle. Jabu se ne ficcò subito una in bocca mentre Joseph mise la sua in una tasca da cui tirò fuori un mozzicone di sigaretta. Lo accese e aspirò un paio di boccate vigorose, lasciando uscire il fumo dalle narici, prima di offrirlo a Sipho. Con la caramella ancora in bocca, Sipho scosse il capo in segno di rifiuto. Di tanto in tanto gli capitava di fumare con Gordon, ma poi gli veniva la tosse.

Ogni volta che passava un'auto sportiva, Jabu ne declamava il nome o faceva un commento ad alta voce. Sembrava conoscesse le marche di ogni automobile. Al passaggio di una BMW rossa decappottabile, fischiò talmente forte che gli occupanti dell'auto si voltarono a guardarlo, tra l'accigliato e il divertito.

— Da favola! — urlò loro Jabu.

Sorridendo, continuò a chiacchierare di auto: qual era la piú veloce, o la migliore, o la sua preferita. Benché Joseph ogni tanto intervenisse, Sipho notò che era piú taciturno di Jabu e non sorrideva facilmente.

Un variopinto gruppo di ragazzini era in attesa fuori dal supermercato. Un paio si trovavano accanto a un negozio con la vetrina piena di pane e dolci. Non appena qualcuno usciva dal panificio, tutti e due protendevano la mano. Un altro stava spingendo un carrello e un altro ancora era occupato a caricare grossi pacchi in una macchina. Altri due ragazzini se ne stavano a chiacchierare con la schiena appoggiata alla vetrata del supermercato. Jabu condusse Sipho da loro. Sembravano leggermente piú grandi degli altri e quello di sinistra era molto alto. Portava un berretto con la visiera rossa, che spostò un po' di lato mentre osservava il nuovo arrivato.

— Questo è Sipho — disse Jabu. — È il suo primo giorno a Hillbrow. Stava cercando Checkers.

Anche lo spilungone gli domandò da dove venisse e perché fosse scappato. Quando Sipho ebbe risposto, l'altro si limitò a dire: — Va bene. — Il ragazzo accanto a lui rimase silenzioso per tutto il tempo. Aveva una guancia segnata da una cicatrice e i suoi occhi fissavano un punto oltre la faccia di Sipho, che avvertí una lieve contrazione allo stomaco.

Mentre si allontanavano, Jabu gli spiegò che Lucas, il ragazzo alto, era il capobanda. Se lui fosse stato d'accordo, Sipho avrebbe potuto aggregarsi a loro e dormire con il gruppo.

— Ti terrà d'occhio per vedere se combini qualche casino. Se ti pesca a fare a pugni con qualcuno ti caccia via.

Sarebbe stato spaventoso dormire tutto solo per la strada. Sipho non aveva la minima intenzione di attaccare briga, ma se qualcun altro se la fosse presa con lui? Alcuni dei ragazzi erano piuttosto grossi. Jabu sembrò leggergli nel pensiero.

— Ti troverai bene con Lucas — gli disse. — Ma fai attenzione a Vusi, quello con la cicatrice.

Prima che Sipho avesse il tempo di chiedere spiegazioni, Jabu gli fece strada all'interno del supermercato.

— A volte ci cacciano via come cani, altre volte invece ci lasciano entrare.

Guidò Sipho verso una cassa. — Stai a vedere — disse in un bisbiglio.

Alcuni clienti stavano sistemando le buste della spesa

stracolme nei carrelli. Come una donna ebbe finito, Jabu le andò incontro.

— Signora? — si offrí, allungando una mano verso il carrello.

Lei scosse il capo contrariata e quasi lo travolse con il carrello. Jabu fece un balzo all'indietro. Il cliente successivo era un uomo. Sipho pensò che anche lui avrebbe rifiutato, ma, al contrario, lasciò che spingesse il carrello al suo posto. Jabu fece l'occhiolino a Sipho mentre si allontanava.

Sipho si trattenne ancora un minuto nel negozio. C'erano bianchi e neri, tutti insieme. Era cosí anche fuori, in realtà, ma lui se ne rese conto solo allora, all'interno del supermercato. Nella *township,* di bianchi non se ne vedevano quasi. A parte, naturalmente, i poliziotti o i soldati. Li aveva visti avanzare per le strade e fin nei cortili delle case, dentro quei carri armati simili a mostri malvagi con occhi e bocche. La prima volta era rimasto sconvolto, perché nella fattoria non esistevano simili macchine mostruose. Là i poliziotti venivano in macchina o al massimo con il furgone. C'era sempre almeno un agente bianco che veniva fatto accomodare in casa per parlare in privato con il fattore, e non passava molto tempo prima che uno dei domestici sgattaiolasse fuori, per raccontare a Gogo e agli altri lavoratori il perché della visita.

A una delle casse un bambinetto dai capelli biondi stava facendo i capricci perché voleva che la mamma gli comprasse le caramelle. Il suo viso era tempestato di lentiggini marrone chiaro che a Sipho ricordarono Kobus, il figlio del fattore. Lui e Kobus avevano giocato insieme, da piccoli. Anche dopo che Sipho aveva cominciato a occuparsi del giardino e a fare qualche commissione per la signora, Kobus veniva a cercarlo e gli diceva di finire in fretta per andare a giocare a calcio o ad arrampicarsi su qualche albero vicino alla cascata in secca. A volte giocavano a rincorrersi lungo i sentieri sassosi che attraversavano i campi di granturco, fino a raggiungere un nascondiglio che si erano costruiti in cima alla collina. Seduti uno accanto all'altro, riprendevano fiato osservando dall'alto le attività che si svolgevano nei campi e nella fattoria e si inventavano sempre nuovi giochi. Ma se la madre di Kobus li sorprendeva insieme, rimproverava il figlio per aver distolto Sipho dal suo lavoro. Poi il tempo da dedicare al gioco era diventato sempre meno. Al ritorno dalla lunga camminata che lo separava dalla scuola di una sola aula, dove andava insieme ai figli dei braccianti, Sipho doveva lavorare nei campi. Kobus era stato mandato in un college. E quando tornava a casa non giocavano piú insieme, nemmeno di domenica, quando Sipho non doveva andare nei campi.

Scrutando i clienti alle casse, notò che bianchi e neri si mescolavano nella stessa fila, a seconda dell'ordine di arrivo. Una cosa impensabile nello spaccio di campagna dove la nonna andava a fare provviste una volta al mese. I bianchi non ci venivano spesso, ma quando capitava erano sempre i primi a essere serviti. Qualche volta ci era andato in compagnia di Kobus per comprare i dolci. Il negoziante indiano salutava Kobus e si informava della salute di suo padre e della sua famiglia, mentre Sipho indugiava sulla soglia, sperando che l'amico prendesse qualcuno dei suoi dolcetti preferiti.

— Ancora qui?

Jabu era già di ritorno. Sipho sorrise timidamente, con un lieve imbarazzo. Sorpreso nel bel mezzo di una fantasticheria! Proprio come a scuola.

— Ti devi svegliare, se vuoi un lavoro — disse Jabu, continuando a tener d'occhio le casse.

Non ci mise molto a trovare un nuovo carrello da sospingere. Sipho si scosse, deciso a seguire l'esempio di Jabu. La signora con il bambino che faceva i capricci stava pagando ed era pronta ad andarsene. Il bambino, con in mano un pacchetto di caramelle, era sgattaiolato dall'altra parte della cassa per correre verso l'uscita.

— Robbie! Vieni qui! — lo richiamò seccamente la madre.

Ma il piccolo non le diede retta e, non appena la madre lasciò il carrello per afferrare la mano del figlioletto, Sipho si fece avanti e si impadroní del carrello.

— Va bene, puoi portarmelo fino alla macchina — acconsentí la donna.

— Voglio spingerlo io, il carrello! — proclamò il bambino.

Sipho non poté fare a meno di sorridere, vedendo il bambino che sottraeva la mano alla stretta della madre e si sforzava di raggiungere la sbarra. Sospinse il carrello adagio, in modo che il piccolo non inciampasse. L'auto era parcheggiata in cima alla collina e, una volta là, Sipho aiutò a scaricare le buste, poi rimase accanto al carrello mentre la donna sistemava il figlio in macchina, legandolo a un seggiolino. Poi frugò nella borsa e tirò fuori una moneta da venti centesimi.

— Mi sei stato di grande aiuto — disse con un sorriso.

Sipho prese la moneta e ringraziò con un piccolo inchino. Non ci avrebbe comprato granché, ma erano i primi soldi guadagnati a Hillbrow. Imparava in fretta! Senza attendere che la macchina ripartisse, girò il carrello e tornò indietro, pronto a procacciarsi il cliente successivo.

4

Tasche vuote

Due ore piú tardi, Sipho moriva di caldo e di fame. Si era dato parecchio da fare, sebbene Jabu fosse molto piú veloce di lui nell'individuare i potenziali clienti. A volte era stato ricompensato con una moneta da venti centesimi, un paio di volte persino da cinquanta, ma per lo piú gli davano monete da dieci o da cinque centesimi. Una signora gli regalò un paio di mele, tirandole fuori dalla sua sporta della spesa. Dopo averne infilata una per tasca, insieme al suo berretto di lana, si guardò in giro in cerca di Jabu. Magari avrebbero potuto fare una pausa e mangiarsele. Ma in quel momento un uomo dal viso color del cuoio ed enormi spalle squadrate, con camicia e pantaloni kaki, fece segno a Sipho di spingergli il carrello. Era stracarico e molto pesante. L'uomo si avviò spedito verso un furgoncino in cima alla collina.

— Là dentro! — disse, facendo un cenno al ragazzo perché cominciasse a scaricare la spesa.

In fondo al carrello erano rimaste due sporte, una di arance e una di patate. Sipho le sollevò a fatica, mentre il sudore gli scorreva lungo le braccia. Una volta che ebbe finito, si raddrizzò e guardò verso l'uomo, che fece il giro del furgoncino, aprí la portiera e salí. Sipho lo seguí, in attesa della sua moneta, ma la portiera gli venne chiusa in faccia. Forse l'uomo avrebbe abbassato il finestrino per passargli qualcosa. Invece mise in moto e, senza degnare Sipho di uno sguardo, sterzò per immettersi sulla strada. Il ragazzo fece appena in tempo a scansarsi. Un anziano uomo di colore che stava risalendo lentamente il pendio si fermò, appoggiandosi al suo bastone. Doveva aver visto Sipho che evitava il furgoncino per un pelo.

— Tutto bene, figliolo? — chiese.

— *Yebo, baba*. Grazie.

Scosso da un lieve tremito, Sipho salí sul marciapiede. I pugni stretti, si lanciò di corsa giú per la collina.

Andò a sedersi fuori dal supermercato, appoggiandosi con il dorso alla vetrata, la testa ciondoloni tra le ginocchia. Era furioso e umiliato. Come quando il suo patrigno lo picchiava e lui si sentiva impotente di fronte a qualcuno tanto piú grosso.

— *Heyta*, nuovo arrivato! Hai fame?

In un istante, lo sguardo di Sipho risalí da uno scalcagnato paio di Doc Martens piantate sul marciapiede fino al viso dalla guancia sfregiata. L'altro oscurava il sole, gettandogli un'ombra addosso. Sipho era cosí sconvolto che non riuscí a spiccicare parola. Quando aprí le labbra, non ne uscí alcun suono.

— Vediamo quanti soldi hai racimolato. Ti vado a comprare qualcosa al supermercato. Mi fa piacere aiutare quelli nuovi.

Vusi era suadente ma insistente, e continuava a tendere la mano verso Sipho. Lui si guardò rapidamente intorno per vedere se Jabu o Joseph fossero nei paraggi. Ma non scorse nessuno. Nemmeno Lucas. Non voleva inimicarsi Vusi. Con lentezza si infilò la mano nella tasca destra e ne estrasse la mela e una manciata di spiccioli. Cercò di non tirarli fuori tutti, senza tastarsi nelle tasche per evitare che Vusi sospettasse che ne nascondeva altri. Sotto lo sguardo vigile dell'altro, si mise a contare con cura le monete.

— Uno e settanta, uno e ottanta, uno e ottantacinque, uno e novanta... — In mano aveva soltanto una moneta da cinquanta centesimi, il che significava che l'altra ce l'aveva ancora in tasca.

— *Hawu*! Lavori come uno schiavo per cosí poco?! — esclamò Vusi. — È tutto qui quello che ti hanno dato?

Se avesse risposto di sí, magari l'altro l'avrebbe costretto a vuotare le tasche, e allora cosa sarebbe successo? Meglio mostrare tutto subito. Rimettendosi la mano in tasca, tirò fuori l'altra moneta da cinquanta centesimi e tre da un centesimo.

— *Ja*! Ora sí che possiamo permetterci qualcosa di meglio — disse Vusi, tendendo la mano per farsi dare i soldi. — Aspettami qui.

Sipho stava ancora aspettando, quando arrivò Jabu e gli scivolò accanto.

— Qualcosa non va? — domandò.

Sipho gli raccontò dell'uomo in kaki.

— Se metti un tipo del genere accanto a un babbuino, non riesci a distinguere chi discende dall'altro — commentò aspramente Jabu.

Ma dopo che Sipho gli ebbe detto di Vusi, esitò per un attimo. — Devi stare molto attento a quello là. Ha un coltello. Ma quando c'è Lucas è tutto a posto.

Sipho si sentí la gola secca, al pensiero del coltello. Jabu tirò fuori un cartone di latte dalla tasca della giacca, ne bevve un sorso e glielo passò. Sipho gli offrí la mela che Vusi aveva disdegnato e tirò fuori la seconda per sé. Pur avendo perso il guadagno di una mattinata di lavoro, almeno stava bene.

Si sedettero a mangiare e a guardare i passanti. I ragazzini che chiedevano l'elemosina fuori dal panificio non c'erano piú e un gruppo di *malunde* si era radunato all'angolo a chiacchierare. All'improvviso si divisero e alcuni montarono sulle spalle degli altri. Giocavano a cavalluccio. Non c'era traccia di Vusi o di Lucas. E non si vedeva nemmeno Joseph.

— Dov'è Joseph? — chiese Sipho.

Jabu fece spallucce. — È come un bambino piccolo. Come si siede da qualche parte, si addormenta.

Oppure poteva essersene andato a Rosebank che, come spiegò Jabu, era un buon posto per chiedere soldi dato che ci abitava gente ricca.

I passanti ora aggiravano gli sfidanti. Alcuni sembravano adirati, altri nemmeno ci facevano caso. Jabu balzò in piedi.

— Dai, Sipho, montami sulle spalle!

Sipho si sistemò a cavalluccio e in pochi secondo si ritrovò scaraventato dall'altra parte del marciapiede, in mezzo alla bolgia sghignazzante e urlante dei *malunde*. Il gioco finí d'improvviso, cosí come era cominciato. Una donna uscí dal supermercato e minacciò di chiamare la polizia, se avessero continuato a disturbare i clienti. Qualcuno doveva essersi lamentato. Sipho scivolò giú dalle spalle di Jabu e si allontanarono in fretta. Nessuno si fermò a discutere.

Se la polizia l'avesse beccato, sarebbe stato un bel problema. Sipho rischiava non soltanto di essere rispedito a casa ma anche di beccarsi una sonora legnata. Una volta il suo patrigno lo aveva portato al commissariato e aveva chiesto all'agente in servizio di "dargli una bella lezione". Il motivo era dovuto a una lettera della scuola in cui si avvertivano i genitori che il ragazzo non faceva i compiti. Il poliziotto non aveva chiesto a Sipho la sua versione della storia. Come al suo patrigno, non gli interessava il fatto che i compiti erano difficili e la maestra gli gridava che era uno stupido, se diceva di non aver capito. *Come* avrebbe potuto fare i compiti? Quando sua madre aveva provato a impedire al patrigno di portarlo alla polizia, lui l'aveva spinta da parte in malo modo.

Il solo pensiero della polizia gli aveva fatto venire il batticuore, ma si rilassò ascoltando gli altri *malunde*. Lasciato Checkers a debita distanza, scoppiarono a ridere e cominciarono a prendersi in giro l'uno con l'altro per stabilire chi fosse stato il primo a darsi alla fuga.

— *Ja*! Thabo si è messo a correre come se avesse un fantasma alle calcagna! — scherzò un ragazzo con indosso un paio di braghe troppo grandi, arrotolate intorno alle caviglie.

— Bugiardo! Ora te la faccio vedere io, Matthew! — lo rimbeccò l'altro.

I due presero a rincorrersi tra le bancarelle sui marciapiedi e le auto parcheggiate, finché un uomo che vendeva borse di pelle si mise a sbraitare che gliel'avrebbe fatta vedere lui se non sparivano. Veramente non avevano paura della polizia, si chiedeva Sipho? Oppure facevano solo finta?

Non appena le risate si smorzarono, uno dei due ragazzi si voltò verso di lui e gli chiese chi fosse. Questa volta Sipho non aspettò di sentirsi rivolgere una domanda dopo l'altra ma raccontò tutto: come si chiamava, da dove veniva e che era scappato di casa per via del suo patrigno. Gli altri lo ascoltarono senza fare commenti e poi cominciarono a discutere di quale sala giochi frequentare. Passando accanto a un bidone della spazzatura, i due ragazzi si fermarono a frugarvi dentro. Dopo un breve bisticcio scherzoso uno di loro tornò indietro con una bottiglia di plastica vuota in mano.

Seguendo gli altri, Sipho entrò in un locale affollato, pieno zeppo di monitor vivacemente colorati ed echeggiante di centinaia di suoni diversi. C'erano automobili che sgommavano a tutta velocità, aerei che sganciavano bombe, figurine che venivano sballottate su e giú, personaggi che si prendevano a pugni, e tutte le immagini guizzavano e mutavano in rapida successione. Uomini, ragazzi e qualche ragazza si affollavano davanti alle macchine. Jabu fece segno a Sipho di uscire. I due ragazzi che avevano bisticciato di fronte al bidone della spazzatura gli andarono dietro.

— Andiamo al Centro Divertimenti. Lí non c'è questa confusione. Questi qui sono inchiodati alle macchine — disse Jabu, facendo la faccia di una persona ipnotizzata.

Tutti scoppiarono a ridere. A Sipho piacevano i grandi occhi espressivi di Jabu e il modo in cui muoveva le sopracciglia. La sua faccia sembrava parlare da sola. Jabu gli presentò gli altri due, Thabo e Matthew, poi il gruppo si mosse.

Il Centro Divertimenti era la sala giochi davanti alla quale Sipho si era fermato quella mattina. L'uomo dai baffi neri era ancora lí, di fronte all'entrata del negozio accanto, a tenere d'occhio la merce esposta sulla bancarella. Sipho fu alquanto sorpreso che l'uomo lo riconoscesse.

— Di nuovo qui! — gli disse sorridendogli.

— Sissignore — rispose lui aggrottando la fronte, non sapendo bene cosa rispondere. Quindi si affrettò a raggiungere gli altri all'interno.

— Quell'*umlungu* ti conosce? — domandò Jabu.

— No — rispose Sipho accigliandosi. — Mi ha visto per la prima volta stamattina.

La sua affabilità gli sembrava un po' strana.

Dentro la sala giochi, Sipho si dimenticò di tutto il resto tranne dell'eccitamento di guidare una motocicletta ad alta velocità senza schiantarsi e di pilotare un aereo cercando di non farsi abbattere da un nemico ignoto. Prima che potesse rendersene conto, rimase senza un soldo. Per giocare, aveva usato la moneta da un rand rubata dal borsellino della mamma. Per fortuna Vusi non gli aveva fatto vuotare entrambe le tasche. Ma ora non aveva piú nulla. Mentre gli altri erano ancora assorti nei loro videogiochi, Sipho si uní alla schiera dei curiosi. Le esibizioni del motociclista che sfidava la morte, gli fecero dimenticare la fame.

Fu soltanto quando uscirono dalla sala giochi e si ritrovarono nuovamente per strada che Sipho ritornò con i piedi per terra. Al posto dell'uomo baffuto, di fronte al negozio accanto c'era una donna con un basco nero e un camice verde. Sua madre portava un camice proprio come quello... Probabilmente aveva passato tutto il giorno a piangere. Magari era uscita a cercarlo. Se la immaginò mentre si sforzava di affrettare il passo, tenendosi il pancione. Si accorse che gli occhi gli si stavano improvvisamente inumidendo e sbatté piú volte le palpebre. No, non doveva pensare a sua madre. Aveva o no sposato un uomo che odiava suo figlio? Sipho era scappato per via di "lui", ma in parte era anche colpa della mamma. Ora doveva pensare a se stesso e non a lei. E ancora non sapeva dove avrebbe dormito.

5

Alla deriva

Il resto del pomeriggio lo passò a scorrazzare per Hillbrow con Jabu, Matthew e Thabo senza una meta. Gli altri lasciavano che Sipho gironzolasse tra le bancarelle disposte sui marciapiedi senza fargli fretta. Qualsiasi cosa lo incuriosiva: borse di pelle, portafogli, musicassette, shampoo, pettini, sigarette, fiammiferi, arachidi colorate, sculture di legno, collanine e braccialetti di perline... tutte ordinatamente disposte su banchi o panni stesi a terra. Per timore di essere cacciato via, Sipho faceva attenzione a non avvicinarsi troppo. Rimaneva in disparte a osservare gli acquirenti che prendevano in mano i vari oggetti e li esaminavano prima di acquistarli, o mercanteggiavano con il venditore. A volte i quattro si scambiavano qualche battuta divertita.

Si erano fermati ad assistere alla contrattazione tra un cliente e un ambulante, quando lo sguardo di Sipho venne attratto da una bancarella di sculture. Dovette compiere uno sforzo per non allungare la mano. Tra le maschere e le teste di legno e marmo c'era una fila di animali di legno in miniatura. Erano talmente minuscoli che per riuscire a distinguerne i particolari bisognava guardare da vicino. Un rinoceronte quasi nero con due corni dava l'impressione di essere in piena corsa. Una zampa posteriore era alzata in modo da non toccare il tavolo. Quando Sipho si chinò per osservarlo meglio, gli sembrò che la creatura lo guardasse con il microscopico occhio bianco e nero. Dietro il rinoceronte c'era un elefante con la proboscide levata, intagliato in un legno dalle striature marroni. Se solo avesse potuto prenderli in mano e sentirne la consistenza, come faceva con gli animali di creta che modellava con la terra rossa alla fattoria. Il rinoceronte lo avrebbe fissato anche con l'altro occhio? E il suo sarebbe stato uno sguardo di terrore o di sfida?

— Ne vuoi comprare uno? È un vero affare: soltanto dieci rand.

La voce dell'ambulante fece trasalire Sipho, che levò lo sguardo sulla faccia di un uomo la cui pelle appariva levigata quanto il legno del rinoceronte.

— Mi piace il rinoceronte, *baba*, ma sono senza soldi.

— Magari tornerai quando li avrai guadagnati, giovanotto.

— *Yebo, baba*. Promesso.

Lanciata un'ultima occhiata agli animali, Sipho si costrinse ad allontanarsi per raggiungere gli altri.

Poco piú avanti, di fronte a un negozio di cuoio e pelli, Matthew tirò fuori dalla tasca la bottiglia di plastica vuota e la consegnò a Thabo, contò cinque rand ed entrò. Ricomparve con in mano una piccola scatoletta di metallo. Dopo essersi appartato in una stradina laterale, travasò con cura il liquido bianco dalla lattina alla bottiglia. Sipho sapeva che si trattava di colla. Un ragazzo era stato espulso dalla scuola perché l'avevano sorpreso a venderla.

Quando Matthew e Thabo dissero di volersene stare seduti per un po', Sipho chiese a Jabu se poteva fare il parcheggiatore con lui. I morsi della fame ora si facevano sentire con forza. La fortuna fu dalla loro, e dopo circa mezz'ora avevano guadagnato abbastanza denaro da potersi permettere l'acquisto di un cartoccio di patatine in un fast food. Stavano ancora mangiando quando si unirono a una folla radunata intorno a due uomini che giocavano a *umrabaraba* per terra, con dei gettoni di plastica. C'erano anche Matthew e Thabo. Matthew ridacchiava, Thabo taceva. Il gioco era movimentato, pieno di suspense. Uno dei due giocatori era stato accusato di barare, e, nel timore che potesse scatenarsi una rissa, i quattro ragazzi ripresero a vagabondare.

Nel tardo pomeriggio discesero una collina in direzione di un incrocio pieno di traffico. In principio Sipho si tenne in disparte e osservò gli altri tre che chiedevano l'elemosina, serpeggiando tra le auto ferme al semaforo. Le file erano lunghe e bisognava fare in fretta a togliersi dalla carreggiata prima che il semaforo scattasse.

Facendosi coraggio, scese in strada e quando le macchine cominciarono a rallentare, si insinuò tra una fila e l'altra. Molti automobilisti continuavano a tenere lo sguardo fisso davanti a sé, come se lui non esistesse. I finestrini erano chiusi, ma ogni tanto succedeva che qualcuno ne tirasse giú uno e gli desse una moneta. In alcune auto c'erano dei bambini che lo fissavano dal sedile posteriore. Quando due mocciosi con la divisa della scuola – un bambino e una bambina – gli mostrarono la lingua, Sipho fece a sua volta una boccaccia. Loro sembrarono sorpresi e dissero qualcosa alla madre. Non appena la donna si voltò a guardarlo, la macchina dietro suonò il clacson. Il semaforo era diventato verde e Sipho dovette farsi rapidamente da parte.

Il sole stava tramontando, striando di rosso e viola il cielo che sovrastava i palazzi in cima alla collina. Tutti gli edifici erano diventati di un grigio fuligginoso. Stava cominciando ad alzarsi una leggera brezza e Sipho avvertí il freddo penetrargli nelle ossa. Ancora una volta, si pentí di non aver preso con sé un secondo maglione prima di uscire da casa. Tirò fuori dalla tasca il berretto di lana e se lo calcò fino alle orecchie. Saltellare lo scaldava un po', specialmente quando il semaforo era verde e lui doveva starsene di lato ad aspettare che le macchine passassero.

Stava cominciando a domandarsi quanto ci volesse perché gli altri decidessero di muoversi, quando sentí un fischio acuto alle sue spalle. Si voltò e vide che Jabu, Thabo e Matthew erano già sulla via del ritorno verso Hillbrow. Jabu si stava sbracciando nella sua direzione. Quando Sipho li raggiunse, stavano informandosi sui reciproci guadagni. Nessuno aveva racimolato piú di un paio di rand. Thabo aveva rimediato un pacchetto di patatine che divise con gli altri lungo il cammino. Sipho raccontò loro delle boccacce che aveva restituito agli scolari maleducati.

— Qualche volta i bambini dello scuolabus ci tirano addosso schifezze! — disse Matthew a Sipho.

— Perché non scendono in strada con quelle loro code di tacchino? Sai che urla quando gli strapperemo le piume a una a una! — commentò Thabo baldanzoso.

Risalirono velocemente la collina. Jabu disse che al panificio stavano per chiudere e che avrebbero potuto comprare per pochi soldi il pane avanzato. Arrivarono giusto in tempo. La saracinesca era già abbassata, ma la porta sul retro era ancora aperta e cosí entrarono. Quando li vide, il padrone sembrò seccato.

— Credete che abbia voglia di rimanere qui tutta la notte? — protestò.

Comunque prese il denaro e ricomparve con due sacchetti di panini e una piccola pagnotta.

— È tutto quel che è rimasto. E adesso sparite!

Fuori dal panificio, Sipho rimase ad ascoltare mentre gli altri discutevano se fosse il caso di andare direttamente al *pozzie*, il posto dove dormivano. Se Lucas era già lí, sicuramente ci sarebbe stato il fuoco acceso e almeno sarebbero stati al caldo. Sipho fu contento, quando decisero di andare. Era molto stanco. E sperava che quando fosse stata l'ora di andare a dormire, la stanchezza gli avrebbe fatto dimenticare il freddo.

Mentre ridiscendevano nuovamente la collina, Jabu spiegò a Sipho che la loro banda aveva smesso di dormire a Hillbrow, negli ultimi tempi.

— La polizia ci dà la caccia troppo spesso, qui — gli disse.

— E se la mattina i negozianti ti trovano a dormire all'entrata dei loro negozi, qualche volta ti riempiono di botte... bam, bam, bam! — soggiunse Matthew agitando il braccio su e giú.

Due settimane prima, tuttavia, Lucas aveva scovato un piccolo appezzamento di terreno abbandonato a Doornfontein, vicino alla linea ferroviaria. L'unico problema era che qualche volta i barboni ci venivano a bere e a volte si azzuffavano, e per via di quelle zuffe i ragazzi temevano che la polizia sarebbe intervenuta e li avrebbe portati via. Alla fine Lucas aveva rivendicato una parte dell'appezzamento per i *malunde*, mentre ai barboni toccava l'altra parte. A Sipho venne in mente l'uomo che aveva imprecato contro di lui quella mattina, e si augurò che non si trovasse lí.

Ora le strade erano vivacemente illuminate. Se fosse rientrato a casa a quest'ora, tra le baracche della *township*, tutto sarebbe stato immerso nel buio. Nelle notti senza luna bisognava avanzare a tentoni. Qui, invece, c'erano dei negozi ancora aperti e un sacco di gente in giro. Da alcuni bar e caffè uscivano ondate di musica. Sulle strade, le macchine andavano e venivano come in pieno giorno. Tuttavia, man mano che si allontanavano, tutto si faceva piú buio e silenzioso.

Ai piedi della collina girarono a sinistra, lasciandosi alle spalle i palazzoni. Il vento faceva stormire le foglie sugli alberi sopra le loro teste e le ombre sembravano danzare attorno al gruppetto, che attraversava uno dopo l'altro i fasci di luce dei lampioni. Jabu riferí a Sipho che il parcheggio dietro di loro era molto pericoloso, anche di giorno. Ci bazzicavano gli *tsotsis* e a volte poteva succedere che si servissero di un *malunde* per commettere qualche furto o altre brutte azioni.

— D'accordo, anche noi rubiamo qualche volta, se abbiamo fame o ci serve qualcosa — disse Jabu — ma agli *tsotsis* piace *uccidere*!

— *Ja*, e poi si vantano in giro di come hanno fatto a pezzi un tale o accoltellato un tal altro — soggiunse Matthew.

Non appena svoltarono per una stradina stretta, Sipho poté sentire il suono dei loro passi. Gli altri ora parlavano di un uomo di nome Peter che si divertiva a far scorrere il dito sulla lama del suo coltello e obbligava i *malunde* a rubare colla per lui. Un paio di volte Sipho si guardò alle spalle, per assicurarsi che nessuno li stesse seguendo.

6

Sotto le stelle

Avvicinandosi al *pozzie*, sentirono alcune voci e il crepitio di un falò dall'altra parte dello steccato. Sipho fu l'ultimo a infilarsi tra le assi malconce. Nel bagliore tremolante delle fiamme, riconobbe immediatamente il capobanda, Lucas. C'era anche Vusi, in piedi vicino al fuoco, con in mano un forcone. Il profumo di salsicce faceva venire una gran fame.

— *Heyta, magents!* A quanto pare le mie salsicce vi hanno solleticato lo stomaco!

La voce di Vusi risuonò abbastanza cordiale. Lucas li salutò a sua volta. Non fece alcun commento sulla presenza di Sipho. Apparentemente era stato accettato. C'era un terzo ragazzo seduto per terra accanto al fuoco. Accovacciandosi al suo fianco e allungando le mani verso le fiamme per scaldarsele, Sipho riconobbe Joseph e la sua giacca militare.

Joseph sollevò una mano e la agitò verso di lui in segno di saluto.

— Cosí sei venuto con Jabu. Bene — disse. La sua voce era leggermente roca e strascicata. Nell'altra mano teneva qualcosa che si portò al viso, poi inalò con un paio di brevi respiri e sospinse la bottiglia di plastica verso Sipho.

— Tieni — disse. — Prendine un po'. Ti sentirai meglio. Con l'*iglue* non sentirai piú né fame né freddo.

Sipho rifiutò con un cenno della mano. — Non mi piace — si affrettò a dire.

Era una bugia. In realtà non l'aveva mai provata in vita sua. Dopo l'espulsione dalla scuola dello spacciatore di colla, sua madre gli aveva fatto promettere che non avrebbe mai toccato quella roba. E poi non aveva mai frequentato ragazzi che "fumavano".

Joseph si riprese la bottiglia. Un sottile rivolo umido gli uscí dal naso, luccicando al bagliore del fuoco, finché lui non si passò rudemente la manica sulla bocca. Dopo aver inalato nuovamente dalla bottiglia, guardò Sipho con gli occhi socchiusi.

— Come vuoi — disse, facendo una pausa per tossire. — Io me la sto proprio godendo. Ecco un giardino, un bel giardino con un sacco di fiori. C'è il sole... fa caldo... e posso dormire tutto il giorno.

Ruzzolando di lato, si rannicchiò su se stesso e in un attimo sembrò scivolare nel sonno. Sipho scrutò nell'ombra, cercando di individuare il "giardino" di Joseph. Il terreno era accidentato e coperto di erbacce, a parte alcuni spiazzi brulli. Il focolare era in una delle piazzole: alcuni mattoni sorreggevano una griglia di metallo sulla quale sfrigolavano le salsicce. Poco distante c'era un albero. Sipho immaginò che da lí in poi il luogo fosse riservato ai barboni.

— Ehi, nuovo arrivato! Vuoi comprare una delle mie salsicce? Costano soltanto due rand.

Vusi si rivolse a Sipho attraverso le fiamme. Aveva una salsiccia infilata sulla punta di un coltello. Si era preso ben piú di due rand, fuori dal supermercato. Se solo avesse trovato il coraggio di dirgli: "Sei tu che me li devi!" Invece si frugò nei pantaloni per cercare gli spiccioli rimasti. Non era abituato a quel viavai di denaro dalle sue tasche. Aveva cominciato quella mattina a Hillbrow con meno di due rand e ora, al termine di una giornata passata a trafficare con i soldi, gli rimanevano poco piú di due rand. Quanto bastava per una salsiccia! L'indomani avrebbe dovuto pensare a guadagnare il necessario per la giornata.

Mentre assaporava la carne insieme al pane, Sipho ascoltava quel che si dicevano i componenti della banda. Lucas e Vusi erano stati a Rosebank. Lucas aveva bisogno di un nuovo paio di scarpe e a metà pomeriggio avevano racimolato piú di trenta rand a forza di spingere carrelli, parcheggiare e lavare macchine. Doveva trattarsi di un posto meraviglioso, pensò Sipho, se la gente dava cosí tanti soldi a un *malunde*. Magari Jabu ce lo avrebbe portato. E magari lí sarebbe riuscito a raggranellare abbastanza denaro da potersi comprare il piccolo rinoceronte!

— Ci sono *malunde* laggiú? — chiese ad alta voce.

Lucas scosse la testa. — La polizia ci caccia via come mosche da quella zona. Dicono che si danno da fare per tenerlo pulito.

Dopo aver mangiato, quasi tutti si accesero degli *stompie,* tranne Jabu, che tirò fuori una sigaretta intera. Con un gran sorriso, si vantò di averla sgraffignata da un tavolo sul retro del panificio. Probabilmente, al loro arrivo il proprietario stava per fumarsela.

Non appena il fuoco si spense, Sipho avvertí le sferzate dell'aria gelida della notte. Per quanto si circondasse il torace con le braccia e stringesse le gambe con forza, il freddo gli penetrava nelle ossa. Quando Jabu gli passò la sua sigaretta, Sipho ne prese una boccata e per un paio di secondi godette del tepore del fumo. Si complimentò con se stesso per non aver tossito. Chiudendo gli occhi per qualche istante, si rese conto di avere un sonno terribile; ma come poteva addormentarsi con quel freddo? E se adesso si gelava, come facevano i *malunde* a resistere ai rigori dell'inverno?

— Lucas, le coperte sono sparite!

La voce concitata di Jabu veniva da un angolo della piazzola fiocamente illuminato dalle ultime braci. Aveva sollevato il cartone che faceva loro da giaciglio per prendere le coperte nascoste al mattino. Lucas cominciò a interrogare tutti. Nessuno aveva fatto ritorno al *pozzie* durante il giorno. Vusi cercò di scuotere Joseph, ma era ancora troppo stordito per capire quello che stava succedendo. Era improbabile che ne sapesse qualcosa. Era molto piú verosimile che le avesse prese uno dei barboni, e questo poteva essere il motivo per cui quella notte non si erano fatti vivi. Una volta che il ladro fosse ricomparso, le coperte sarebbero già state barattate con qualcos'altro e nessuno avrebbe potuto provare alcunché.

Mentre la banda al completo si sistemava sul cartone, Sipho ascoltò i racconti di altri furti.

— Ero mezzo addormentato quando mi hanno scucito la tasca! E quella volta avevo dieci rand — recriminò Matthew.

— *Ja*, quando dormi non ti accorgi di nulla — commentò Thabo. — Una volta mi sono svegliato per il freddo. Ma troppo tardi: la mia coperta era già svanita!

— Bisogna dormire sopra le coperte. È l'unico modo per star sicuri — soggiunse Jabu.

Diceva sul serio o stava scherzando? Non gli fu facile credere alla storia di Vusi, che raccontava di come una vecchia signora che aiutava sempre al supermercato gli avesse regalato una coperta. Sipho proprio non riusciva a immaginarselo mentre aiutava una vecchia signora.

— Ma poi è arrivato un poliziotto e mi ha obbligato a consegnargli la coperta — continuò Vusi. — Quando gli ho chiesto il motivo, mi ha risposto che sicuramente dovevo averla rubata: era troppo bella!

Tutti convennero che a un *malunde* poteva capitare di tutto e non c'era modo di difendersi.

Sipho si sdraiò sul bordo del cartone, la testa sulla spalla di Jabu e il corpo rannicchiato contro di lui. A eccezione di Joseph, che giaceva ancora profondamente addormentato per conto proprio, tutti si strinsero l'uno all'altro.

Sipho, tuttavia, si era sistemato dalla parte opposta del mucchio, rispetto a Vusi. Lo metteva a disagio il pensiero di trovarsi troppo vicino a qualcuno che aveva un coltello. Ben presto nessuno parlò piú. Ascoltando il respiro degli altri, Sipho si domandò se fosse l'unico a essere ancora sveglio. Il gelo gli attanagliava le dita dei piedi e la schiena e tutto il resto. Davvero Joseph non sentiva il freddo grazie all'*iglue*? E quello era il motivo per cui anche Matthew e Thabo l'avevano sniffata? Matthew era disteso accanto a lui. Magari avrebbe potuto chiedergli di dare giusto una sniffata, per vedere se funzionava... Ma che cosa avrebbe detto sua madre se fosse venuta a saperlo?

Sdraiato in mezzo ai *malunde*, su uno spiazzo di nuda terra, con niente a separarlo dalla nera immensità del cielo notturno, Sipho si rese improvvisamente conto che sua madre non lo avrebbe mai saputo. Lui non l'avrebbe rivista mai piú. Era scappato di casa. Ormai non aveva piú una famiglia. Le lacrime cominciarono a rigargli le guance prima che potesse trattenerle. Asciugandosele con la manica, trattenne il respiro per impedirsi di singhiozzare. Non voleva che nessuno lo sentisse.

Ma qualcuno se ne era accorto. Qualcuno si stava trascinando verso di lui e nell'oscurità gli mise in mano qualcosa. Sipho si tirò su con uno scatto e Jabu gemette debolmente nel sonno.

— Tranquillo! Sono io! Il mio bel sogno si è trasformato in un incubo. Una macchina stava per investirmi e poi è comparso un serpente che voleva mangiarmi e quando ho cominciato a correre sono precipitato in un enorme buco nero — bisbigliò una voce aspra.

Era Joseph. La cosa che aveva consegnato a Sipho era la bottiglia di *iglue*.

— La prima notte è sempre brutta. A me è successo che avevo appena otto anni e ho pianto tutta la notte perché la mia mamma non mi voleva piú. Aveva detto che l'assistente sociale sarebbe venuto a prendermi. Ma io sono scappato via e non mi sono fatto trovare. Poi un ragazzo a Park Station mi ha dato l'*iglue* per aiutarmi a dormire.

Joseph si coricò accanto a lui. Senza pensarci due volte, Sipho si portò la bottiglia alle narici e aspirò profondamente.

— Prendine ancora un po'! — disse Joseph in un soffio.

Sipho sniffò nuovamente, finché all'improvviso si sentí la testa leggera, come se avesse le vertigini. Non gli piaceva quella sensazione, ma tornò a sdraiarsi, rimettendo il capo sulla spalla di Jabu. Con Joseph accanto, aveva meno freddo. Era bello stare vicino a qualcuno. La madre di Joseph non aveva piú voluto il figlio, e alla sua non importava piú niente di lui. Ma ora ripensava a quanto era dolce, quando era piccolo, dormire accanto alla nonna. Il suo letto era sempre cosí caldo. Adesso era di nuovo un bambinetto, e lui e Gogo erano ancora insieme al caldo, e fluttuavano, fluttuavano...

7

Una prova per Sipho

Sipho si svegliò di soprassalto. Per alcuni secondi rimase sgomento, ignaro di dove si trovasse. Non era sul suo materasso tra la credenza di cassette di legno e la stufa. Invece della penombra della baracca, la luce del giorno gli abbagliava gli occhi. Invece di sua madre che lo esortava ad alzarsi a voce bassa per non disturbare il patrigno, c'era Lucas che scuoteva silenziosamente i due ragazzi ancora addormentati.

Benché il sole fosse alto, la terra era ancora fredda sotto il cartone sottile e Sipho era tutto indolenzito. Nessuno parlò mentre si preparavano ad affrontare la nuova giornata, stirando pigramente braccia e gambe e attraversando lo spiazzo per raggiungere un cespuglio che fungeva da gabinetto. I ragazzi si sedettero a fumare gli *stompies,* lasciando che il sole scaldasse loro le ossa. Sipho poggiò i gomiti sulle ginocchia e la testa sulle mani. La sera prima se l'era sentita cosí leggera la testa, ma ora era terribilmente pesante. Erano forse gli effetti dell'*iglue*? Sicuramente no: ne aveva sniffata pochissima. Forse covava un raffreddore. Se fosse stato a casa, la mamma avrebbe preso una speciale bottiglietta piena d'olio e glielo avrebbe strofinato sul petto e sulla schiena per aiutarlo a respirare meglio. Chiuse gli occhi, cercando di non pensarci. Si accorse che Joseph si era messo a sedere e si reggeva la testa con una mano. Si sentiva male anche lui, oppure cercava soltanto di richiamare alla memoria il suo giardino da sogno?

Poi, senza che nessuno avesse fiatato, la banda al completo si alzò come un sol uomo, Joseph compreso. Jabu e Matthew accatastarono il cartone in un angolo prima di raggiungere gli altri presso il varco nello steccato. Una volta usciti sul marciapiede, si incamminarono nella direzione opposta rispetto a quella da cui erano arrivati la notte prima. Qualche macchina era parcheggiata ai bordi della strada, ma a parte un uomo con in mano un pacco e un paio di sagome all'orizzonte, la strada era ancora immersa nella quiete.

Il silenzio del gruppo si interruppe soltanto quando arrivarono a una recinzione metallica che costeggiava una linea ferroviaria. In vista non c'era nessuno.

— Tutto a posto — disse Lucas. — Andiamo.

Infilandosi attraverso un passaggio tra la recinzione e il terreno, i ragazzi si diressero verso un rubinetto posto sul retro di un vecchio edificio di mattoni. Dopo aver scostato un mattone, Vusi tirò fuori un pezzo di sapone che si passarono a turno, mentre ficcavano la testa sotto il getto d'acqua.

Quando fu il suo turno, Jabu scosse la testa per scrollare via l'acqua mentre un fremito gli attraversava tutto il corpo. A Sipho fece venire in mente il cucciolo che gli aveva regalato Gogo. Quando ficcò la testa sotto il rubinetto e il getto di acqua gelida gli sferzò la nuca, Sipho tornò immediatamente alla realtà... e al suo terribile mal di testa.

Ora che tutti erano piú svegli, cominciarono a chiacchierare mentre risalivano la collina. Arrivarono in cima a gruppetti di due e di tre. Sipho era in compagnia di Jabu e Joseph, e insieme a loro si fermava a scambiare il saluto di "*Heyta, magents*" o "Come sta la *scheme*?" con altri *malunde* che avevano passato la notte a Hillbrow. Per lo piú discutevano di un inseguimento tra auto avvenuto nel cuore della notte, ma, dato che le macchine si erano dileguate, nessuno era in grado di dire esattamente che cosa fosse successo.

Il resto della giornata, nonché di quelle successive, fu molto simile alla prima che Sipho aveva trascorso con gli altri *malunde*: cercavano di procurarsi del denaro "parcheggiando" o lavando le macchine, spingendo *amatrolley* o chiedendo soldi agli automobilisti e ai clienti di ristoranti, cinema, negozi e club. A volte sbrigavano qualche commissione per questo o quel negoziante, anche se ce n'erano alcuni dai quali era meglio tenersi alla larga. Sipho venne a sapere di bambini cacciati via con secchiate d'acqua fredda o picchiati perché sorpresi a dormire sulla soglia di un negozio. Ma l'uomo dai baffoni neri che vendeva jeans e magliette al Covo di Danny, accanto alla sala giochi, non rientrava in quella categoria. Quando vedeva Sipho lo salutava e dopo un paio di giorni gli propose di spazzare il pavimento del negozio per un rand. Il giorno seguente gli chiese di aiutarlo a scaricare e a sballare un carico di magliette.

— Sei un ragazzo in gamba, sai? — gli disse, allungandogli due rand.

Sipho sorrise, per i soldi e per il complimento. Il signor Danny Lewis, del Covo di Danny, lo sconcertava.

Oltre a darsi da fare per procurarsi soldi e cibo, c'erano vari altri modi di passare la giornata: scorrazzare sui carrelli, fare la lotta o, nel caso avanzasse qualche spicciolo, divertirsi con i videogame o giocare a *tiekie-dice*. Altre volte se ne stavano semplicemente seduti a osservare la gente. Ogni giorno era diverso, seppure simile al precedente.

Per mangiare, occorreva prima procurarsi i soldi. E ogni notte lo stesso vento pungente gelava le ossa di Sipho.

Il secondo giorno Joseph gli aveva detto dove poteva procurarsi un po' di *iglue* tutta sua. Per un paio di giorni

Sipho si era trattenuto, memore di quel terribile mal di testa. Non sapeva se fosse da attribuirsi al raffreddore o all'*iglue*. Ma quando di notte non riusciva a prendere sonno e se ne stava sdraiato a rabbrividire, la tentazione lo assaliva. Allora cercava di immaginarsi mentre fluttuava in aria e atterrava in un letto caldo, ma non funzionava. La quarta notte, il vento soffiava talmente forte da minacciare di spegnere il fuoco. Sipho si affrettò a tirare Joseph per il braccio non appena si strinsero insieme sul cartone, preparandosi a dormire.

— Ti prego, dammi un po' di *iglue*. Te ne procurerò dell'altra domani — promise.

In tasca aveva qualche spicciolo che aveva cominciato a mettere da parte per comprarsi il piccolo rinoceronte di legno. Li avrebbe usati, insieme ai soldi che aveva racimolato quella mattina al supermercato, per comprare la colla.

Stavolta non pensò nemmeno per un istante alle parole di sua madre, prima di portarsi alle narici la bottiglia di Joseph. Le palpebre gli si chiusero e ogni cosa nel *pozzie* – compresi gli altri ragazzi e il gelido vento notturno – cominciò a svanire. Ora però gli sembrava che qualcos'altro lo stesse fissando dall'alto. Qualcosa lassú, nel cielo, che diventava sempre piú grande mentre lui aveva l'impressione di farsi sempre piú piccolo. Era una cosa bianca, con un punto nero nel mezzo. Un occhio. Lentamente cominciò a delinearsi un contorno. Quando vide le due corna e le minuscole orecchie, capí di che cosa si trattava. Era la testa del piccolo rinoceronte. Soltanto che adesso non sembrava piú cosí piccolo e incombeva su di lui, che si sentiva rimpicciolire sempre piú. Lo sguardo dell'animale era triste, quasi si fosse smarrito. Sipho scivolò in un sonno agitato.

Fu Jabu a impedirgli di entrare nel negozio, il mattino dopo.

— Un mio amico è morto per via di quella roba — gli

disse aspramente. — Lo abbiamo trovato con il sacchetto in testa e lo abbiamo portato immediatamente all'ospedale, ma ormai era andato.

Joseph commentò seccamente: — Il tuo amico era uno stupido. Si deve usare una bottiglia, e non un sacchetto.

Sipho colse un lampo d'ira negli occhi di Jabu. Per un attimo sembrò che volesse scagliarsi contro Joseph. Invece si limitò a dire: — *Hayi, bra* Joseph! Lo stupido sei tu! L'*iglue* ti sta rincretinendo e nemmeno te ne accorgi. Ti sei dimenticato di Jeff?

Joseph aveva l'aria di chi sta cercando le parole per ribattere. Quindi incrociò le braccia e levò lo sguardo in alto, verso l'infinito. Rimase in silenzio quando Jabu raccontò a Sipho che un ragazzo di un'altra banda era morto con la testa infilata in un bidone della spazzatura, mentre era alla ricerca di qualcosa che gli desse sollievo alla gola. Jeff si era beccato la polmonite perché aveva i polmoni distrutti dall'*iglue*.

Jabu mise una tale foga nelle sue parole da sorprendere Sipho. — Se sei in debito con lui, Sipho, pagagliela ma non metterti a comprare *iglue*. È inutile.

— Ma mi aiuta ad addormentarmi quando ho freddo. Mi fa sentire al calduccio — ribatté Sipho.

— Quello di cui hai bisogno è un giubbotto, non l'*iglue*, *buti*. Posso portarti a Rosebank, cosí guadagnerai abbastanza soldi per comprartene uno, anche oggi stesso.

Sipho tentennò. Jabu era stato gentile a offrirsi di portarlo con sé, e questo lo fece riflettere. Anche se alcuni membri del gruppo facevano uso di quella roba – e Joseph piú di chiunque altro – non aveva mai visto Lucas o Jabu con l'*iglue*. Una cosa era sniffarne un po' dalla bottiglia di un amico e un'altra procurarsene per conto proprio. Anche Joseph, però, si era mostrato gentile con lui, e ora si aspettava di vedersi restituire il favore. Se ne stava appoggiato alla vetrina del negozio, con il viso privo di espressione, ma Sipho sapeva che stava ascoltando.

— Dagli i suoi soldi e andiamo — disse Jabu.

Era una prova e Sipho non poteva tirarsi indietro. Odiava gli esami. Non sapeva mai quale fosse la risposta giusta. Infilò la mano in tasca e ne estrasse tutti gli spiccioli che aveva.

— Prendi questi, *buti*. Voglio andare a vedere com'è a Rosebank. Vieni con noi? — disse a Joseph.

Joseph lo guardò con freddezza. Dopodiché scrollò le spalle e tese la mano per ricevere i soldi, prima di voltarsi ed entrare nel negozio.

8

Rosebank

Rosebank e i sobborghi circostanti erano tutto un altro mondo. Le case davanti alle quali passarono Jabu e Sipho erano cosí grandi e imponenti da non poter credere che ci abitasse una sola famiglia. Cinte da alte mura, la maggior parte di esse si intravedeva appena attraverso le inferriate o i cancelli di ferro battuto. Il giardino di alcune avrebbe potuto contenere venti o trenta baracche della *township*.

— Guarda quella specie di torta nuziale! — esclamò Jabu, indicando una casa con tanto di colonnato davanti a una grande porta, e le finestre sormontate da triangoli. Ognuna era protetta da una grata antiscasso arabescata. L'acqua zampillava in cerchi delicati su un prato verde, soffice quasi quanto un tappeto.

— Accidenti, quanta acqua danno ai loro giardini! — esclamò Sipho.

Una delle commissioni che sbrigava sempre per sua madre era fare la coda alla fontana e riportare a casa un bidone di plastica pieno d'acqua. Ora ci avrebbe pensato lei?

— Mia zia lavorava in una grande casa come queste, a Durban — disse Jabu.

— Sei stato a Durban? — domandò Sipho, impressionato.

Gogo gli aveva parlato di quella città vicino al mare, che aveva visitato da ragazza.

Jabu gli raccontò che un tempo abitava con sua madre sulle colline dietro Durban, e che qualche volta scendevano in città a trovare la zia. Ma poi erano cominciati gli omicidi. E gli incendi. Una notte si erano nascosti nella boscaglia a guardare le fiamme che divoravano le abitazioni dei loro vicini, dall'altra parte della valle. Era gente che sosteneva Mandela, gli aveva spiegato sua madre. Volevano che fosse eletto presidente e mostravano il suo ritratto durante le manifestazioni. Questo era il motivo per cui le loro case erano state incendiate. Jabu aveva sentito grida terribili e non era riuscito a capire se provenissero da persone o animali. L'odore portato dal vento era nauseante. Che cosa era successo ai bambini di quelle case, che frequentavano la sua stessa scuola? La mattina dopo, la collina di fronte era sfigurata da grandi macchie nere e scheletri di edifici bruciati. Sua madre aveva deciso di mandarlo dal fratello, a Johannesburg, pensando che lí sarebbe stato al sicuro. Ma la moglie di suo zio non ne voleva sapere di lui, cosí aveva dovuto scappare per sottrarsi alle sue botte.

Sipho ascoltava attentamente. Ammirava Jabu per la calma con cui riusciva a parlare di tutto questo. Se solo anche lui avesse potuto raccontargli la sua storia... il motivo per cui era scappato. Ma la vista dello spruzzo d'acqua sul prato e la fugace immagine di sua madre con il pancione, che trasportava un pesante bidone pieno d'acqua fino a casa, lo avevano già abbastanza turbato. Non voleva mettersi a piangere, come aveva fatto l'altra notte.

Arrivarono a Rosebank accaldati e morti di sete. Rispetto a Hillbrow, le strade sembravano piú ampie e i palazzi, benché imponenti, non parevano altrettanto alti. Sul marciapiede, un paio di donne vendevano collane e braccialetti di perline. La merce era disposta su un panno steso a terra e una delle due stava discutendo con una cliente.

— No, signora, non posso dargliela a meno! Questa collana mi è costata diverse ore di lavoro.

— Ti do dieci rand per questa. Ne ho vista una uguale a Durban per dieci rand.

La signora che stava cercando di tirare sul prezzo fece ciondolare la collana di perline azzurre e blu tra le dita. La collana e il braccialetto che indossava scintillarono alla luce del sole. Erano d'oro? si domandò Sipho. Lo stesso pensiero dovette attraversare Jabu.

— Quella lí è ricca ma è attaccata ai suoi soldi! — bisbigliò.

— *Ja*, magari li nasconde sotto il materasso — scherzò Sipho.

L'ambulante continuava a scrollare il capo, pronunciando qualche parola sottovoce. Era Zulu, ma né Sipho né Jabu riuscirono ad afferrarne il significato.

— Facciamo dodici allora? — disse la signora.

— Affare fatto, dodici rand per la signora.

Le labbra dipinte di rosso della signora si allargarono in un sorriso, mentre tirava fuori una banconota da dieci rand e un paio di monete dalla borsetta.

— Grazie — disse.

Ma l'ambulante non sorrise, mentre prendeva i soldi e li riponeva con cura in un borsellino liso.

Sipho seguí Jabu in una strada lastricata chiusa al traffico, dove la gente passeggiava, guardava le vetrine o se ne stava seduta nei caffè all'aperto. Da una fontana in fondo ai tavolini riparati dagli ombrelloni zampillavano alti getti d'acqua che provocarono in Sipho una sete anche maggiore. Due guardie in uniforme marrone e munite di telefono cellulare chiacchieravano tra loro sotto il sole. Prese com'erano dalla conversazione, non badarono al passaggio dei due ragazzi.

All'interno, il centro commerciale era tutto illuminato

benché fosse pieno giorno. Le grandi vetrine dei negozi e i riquadri di ottone e acciaio lucidato creavano l'impressione di un infinito gioco di specchi e immagini riflesse. Sipho ripensò al suo stupore nel leggere i cartellini di alcuni oggetti nelle vetrine di Hillbrow: qui i prezzi erano ancora piú alti. Oltre 2000 rand per una giacca da uomo e quasi 200 per una cravatta! In una vetrina, accanto a un tappeto riccamente decorato c'era un cartellino con su scritto 8695 rand! Lasciandosi trasportare al piano superiore dalle scale mobili, Sipho osservò la folla ai suoi piedi e si chiese come facesse certa gente ad avere tanto denaro. Era impossibile non notare che, al contrario di Hillbrow, la maggior parte dei negozianti era bianca. Tuttavia passò anche una coppia di colore elegantemente vestita, che entrò in un negozio di abiti da uomo.

Inseguendo le note di una musica, arrivarono in un caffè dove una donna bianca stava suonando il piano. Tavolini e sedie erano all'esterno del locale, ma sempre al riparo dell'enorme copertura del centro commerciale Rimasero alcuni istanti a osservare le dita della pianista che scivolavano sui tasti e ad ascoltare il suono melodioso che producevano. Le labbra di Sipho si increspararono, avvertendo la fragranza del caffè e delle ciambelle appena sfornate.

— *We bafana*! Dico a voi! Fuori!

Un cameriere si stava dirigendo verso di loro, agitando in aria le braccia.

— Scusa, *baba*, scusa. Stavamo solo rimpinzandoci gli occhi di cibo e le orecchie di musica! — gridò Jabu da sopra la spalla mentre si allontanavano di corsa, senza aspettare la replica.

Il cameriere avrebbe potuto avvisare una guardia che li avrebbe sicuramente cacciati dal centro commerciale. Era uno strano posto, quello, spiegò Jabu a Sipho mentre lo guidava verso l'uscita. La gente di Rosebank poteva contare su un sacco di guardie per cacciarti via, ma quando si trattava di pagarti ti dava delle belle mance!

Le parole di Jabu si dimostrarono vere. Nel giro di mezz'ora Sipho aveva guadagnato il doppio di quello che gli avrebbero dato a Hillbrow per spingere i carrelli. Qui gli davano cinquanta centesimi e spesso anche un rand alla volta. Un signore, nel vederlo accaldato, gli aveva persino offerto una lattina di Coca. Inoltre qui era piú facile spingere gli *amatrolley*, dato che non c'erano salite da fare.

Dopo due ore decisero di cambiare lavoro e passarono nel parcheggio. Benché alcuni automobilisti li allontanassero con un cenno della mano, molti li lasciavano fare e li pagavano. A metà pomeriggio, Jabu decise che era ora di tornare a Hillbrow. Era stata una giornata fruttuosa e la fortuna li aveva assistiti. Ora avrebbero addirittura potuto concedersi un hamburger con patatine e tornare indietro con l'autobus. Sipho non aveva mai avuto tanto denaro a sua disposizione. Avrebbe potuto tornarci di nuovo e guadagnare abbastanza soldi da comprarsi il piccolo rinoceronte! Ora che aveva venticinque rand in tasca, doveva smetterla di tirarli fuori e contarli, per non far vedere quanto era ricco. Gli erano già arrivate all'orecchio un sacco di storie su *malunde* derubati e certo non voleva che la stessa cosa capitasse a lui.

Una volta tornati a Hillbrow, Jabu lo accompagnò al negozio dell'usato. In un angolo c'era una sbarra da cui pendevano giacche militari come quella di Joseph. Costavano ventiquattro rand e, non appena le vide, a Sipho venne immediatamente voglia di provarne una. Eppure esitava. Conosceva un sacco di gente che guardava con diffidenza l'uniforme e i soldati che la indossavano. Tutti continuavano a ripetere che le cose sarebbero cambiate, ma dov'era il cambiamento?

— Su, provatela! — lo invitò Jabu afferrando una giacca.

Sipho infilò le braccia nelle maniche e se la abbottonò. Dopodiché si rimirò nello specchio di un armadio vicino. Avvertiva su di sé lo sguardo del commesso. Raddrizzò la schiena.

— Quando Mandela diventerà presidente potrai diventare uno dei suoi soldati! — scherzò Jabu.

Sipho depositò il denaro sul banco e si tenne addosso la giacca, benché il pomeriggio fosse ancora soleggiato. Una volta fuori dal negozio, però, gli venne da pensare al fatto che, benché la giacca militare tenesse caldo, Joseph non aveva smesso di ricorrere all'*iglue*.

9

Incursione notturna

Qualcosa non andava per il verso giusto: Sipho e Jabu ne ebbero la certezza non appena imboccarono la strada che conduceva al *pozzie*. Nessuna scintilla arancione crepitava nell'oscurità oltre lo steccato e, nell'aria, invece del solito chiacchiericcio basso, colsero il rumore concitato di una discussione. Una delle voci era di Lucas ma le altre suonavano sconosciute, a eccezione di una dal timbro sgradevole. Era una voce aspra e gutturale e sembrava che l'intercalare piú ricorrente fosse la parola "dannato".

Dopo aver scavalcato lo steccato, ci volle un certo tempo prima di riuscire a individuare le figure nel buio. Tutt'a un tratto Sipho capí di chi fosse quella voce: dell'uomo dai capelli arruffati e il viso paonazzo che gli aveva gridato dietro il primo giorno che si trovava a Hillbrow!

— *Hayi*! Quella gente ci dà sempre dei problemi! — bisbigliò Jabu. Era certo che fossero stati loro a rubare le coperte per rivendersele. Ormai dovevano aver già speso tutto il ricavato. — Credono di potersi permettere qualsiasi cosa con i *malunde* — aggiunse.

A quanto pareva, Lucas e gli altri avevano trovato i tre barboni accampati dalla loro parte. Si erano impadroniti dei cartoni e rifiutavano di andarsene. Lucas ricordò loro che avevano fatto un accordo: l'albero in mezzo al campo doveva servire da confine. Vusi si intromise.

— Prima ci fregate le coperte e ora volete anche il nostro posto! — disse.

— Dannato bastardo! Adesso te la faccio vedere io!

L'uomo che aveva parlato cosí fece per scagliarsi in avanti ma fu trattenuto dai suoi compari. A sua volta, Lucas allungò una mano per frenare Vusi. Anche al buio, Sipho poté notare che nessuno dei barboni era molto fermo sulle gambe. Lo meravigliò scoprire che tra loro c'era anche una donna. Fu lei a mettere fine al litigio e a convincere gli altri ad andare a spassarsela in centro. Quando i tre levarono finalmente le tende dal *pozzie*, l'uomo con la barba rossa li avvertí con un grugnito di "stare in campana".

Piú tardi, seduto in circolo attorno a un piccolo fuoco, il gruppo discusse dei vari tipi di minacce. A volte succedeva che si passasse alle vie di fatto e a volte no: molta gente si limitava a strillare.

— *Cha!* Non permetterò a nessuno di parlarmi di nuovo a quel modo. Ho intenzione di dare una bella lezione a quel *Matomatoes* — dichiarò Vusi.

Sipho non poté fare a meno di sorridere nel sentire la parola "*Matomatoes*". Vusi avrebbe davvero tirato fuori il coltello, se Lucas non lo avesse bloccato?

— Certe volte è meglio lasciare che le acque si calmino — sostenne Lucas con convinzione.

Tutti sapevano che i *Matomatoes* se la prendevano sempre con i *malunde* e Lucas era dell'opinione che non sarebbe successo nulla. Sipho, però, aveva ancora in mente quegli occhi iniettati di sangue e un po' ne era turbato.

Di tanto in tanto Joseph dava una sniffata alla sua bottiglia di plastica e, mentre si preparavano ad andare a dormire, si mise addirittura a scherzare sul fatto che Sipho aveva una giacca uguale alla sua. In ogni caso, benché fosse d'aiuto, la giacca non bastava a ripararlo dal gelido vento notturno che spazzava il *pozzie* e tanto meno da quei pensieri che lo assalivano nel cuore della notte, tenendolo sveglio... Gogo che lo addormentava raccontandogli delle fiabe, il suo cagnolino che agitava la coda invitandolo a giocare, sua madre che veniva a trovarlo alla fattoria, prima dell'arrivo di "lui"...

Sipho doveva aver ceduto al sonno, dal momento che l'ultima cosa di cui si ricordava era di essersi risvegliato in preda al panico che in genere deriva da un brutto sogno. Quel genere di incubo nel quale il suo patrigno si trasformava in un mostro con dieci teste e dieci paia di braccia e gambe. Il terrore, però, si accompagnava a grida e urla, oltre che al dolore acuto provocato dalla punta di uno stivale contro le costole. Si sentí addosso la stretta di un paio di grosse mani. Tentò di divincolarsi, ma aveva braccia e polsi bloccati dietro la schiena, in una morsa. Nel fascio di luce che guizzava selvaggiamente nell'oscurità, scorse i corpi degli altri ragazzi che si dimenavano e il ghigno sui visi dei loro aguzzini. Vennero trascinati fuori dal *pozzie,* fin sulla strada, e sbattuti all'interno di un *gumba-gumba*, uno dei temuti furgoncini della polizia. Lucas, l'ultimo ad essere scaraventato a bordo, cadde come un sacco di patate, dopodiché i portelloni del veicolo si richiusero con violenza.

Per un intero minuto nessuno fiatò. Sipho era scosso da brividi. Jabu piagnucolava premendosi un fianco. Erano tutti sotto shock. Poi il silenzio fu rotto nell'oscurità.

— Che cosa vogliono da noi?

— Chi è questa gente?

— È la polizia! Soltanto loro guidano i *gumba-gumba.*

— Ma non portano l'uniforme!

— Se le tolgono quando hanno cattive intenzioni, cosí non si può mai dire con certezza che siano stati loro.

— Mi hanno rubato il coltello! Se no li uccidevo tutti!

Sipho si raggomitolò su se stesso mentre gli occhi si

abituavano pian piano al buio. Lucas si sollevò a fatica e parlò con calma.

— Non sappiamo quanti di loro sono della polizia. Se vengono scoperti a fare cose del genere non la passano piú tanto liscia, ormai.

Forse soltanto un paio erano poliziotti, continuò Lucas, mentre gli altri potevano essere amici loro... bianchi contrari a qualsiasi cambiamento nel Paese... che volevano tenere i neri sottomessi per sempre e negare loro il diritto di votare nelle elezioni per il nuovo governo.

All'improvviso si sentí uno scoppio di risate provenire dall'esterno del furgoncino. A distanza di qualche secondo, i portelloni si spalancarono. Sipho scorse una mano che si infilava dentro e percepí il rumore di uno spruzzo. Ancor prima che la mano venisse ritirata e i portelloni richiusi, cominciarono ad avvertire un bruciore agli occhi, alla bocca, al naso. L'aria venne a mancare e un orribile, soffocante fetore invase l'abitacolo. L'odore sembrava quello di un insetticida. Tossendo e premendosi la mano sulla bocca, Sipho era sul punto di vomitare.

Il *gumba-gumba* si mosse, con il motore che andava su di giri emettendo un rumore sordo. Dove li stavano portando? Sembrava che il furgone procedesse a tutta velocità, tranne qualche occasionale rallentamento. I ragazzi si raccolsero sulla parete di fondo del veicolo, stringendosi l'uno contro l'altro, le mani premute sullo stomaco o il viso affondato tra le braccia, nel tentativo di alleviare l'irritazione agli occhi.

A un certo punto ci fu un tremendo scossone e Sipho finí proiettato in avanti, prima che il mezzo si arrestasse bruscamente. Fu il primo ad essere agguantato non appena i portelli si spalancarono.

— Ok, *vuilgoed*! È qui che si dà una bella ripulita a spazzatura come voi!

Di fronte a sé, luccicante nell'oscurità, Sipho scorse

dell'acqua. Cominciò a urlare non appena si sentí sollevare in aria. Tentò di dibattersi, ma ancora una volta inutilmente. Non poté nulla contro la forza di quelle mani e di quelle braccia che lo stavano scaraventando nel lago.

Non appena il suo corpo entrò in contatto con l'acqua ghiacciata, cominciò ad agitare freneticamente gambe e braccia. Non sapeva nuotare: piú si agitava per cercare di stare a galla e piú si sentiva andare sotto. Annaspava. L'acqua gli penetrava nel naso, in bocca... non riusciva a respirare.

Poi si sentí afferrare per un braccio e venne trascinato lentamente, finché non urtò qualcosa con un piede. Qualcosa di solido e stabile. Distese anche l'altra gamba. Stava in piedi! Raddrizzandosi, sollevò la testa quel tanto da tenerla fuori dall'acqua, in modo da riprendere fiato e riempirsi i polmoni d'aria. La mano che lo aveva afferrato lo guidò ancora per qualche passo prima di lasciarlo andare. Poi vide una figura scomparire sott'acqua. Sipho era troppo confuso per capire chi fosse. Urla si mescolavano al rumore selvaggio di tonfi nell'acqua. Sulla sponda opposta, riuscí a scorgere a mala pena le sagome di due omoni che gettavano nel lago una figura scalciante. Lucas? Il frastuono delle risate lo raggiunse. Il *gumba-gumba* aveva riacceso il motore. Nel giro di pochi secondi tutti gli uomini erano rimontati sul furgone, che scomparve nell'oscurità.

Sotto i piedi, Sipho sentiva degli oggetti aguzzi. Avanzando a fatica, un passo dopo l'altro, uscí dall'acqua. I vestiti, fradici e appiccicati al corpo, gli parevano incredibilmente pesanti. In preda a un tremore incontrollabile, raggiunse la riva e si lasciò cadere a terra. Esattamente sopra di lui c'era la luna, tonda e pallida. Come una faccia nel cielo color inchiostro. Stava ridendo anche lei?

Uno per uno, i *malunde* arrivarono tra brividi, imprecazioni e gemiti. Jabu arrivò per ultimo, dopo aver aiutato gli altri a raggiungere la riva. Era un nuotatore provetto... chissà dove aveva imparato? pensò Sipho. Si sfilò le scarpe di tela fradicia. Le suole sottili si erano lacerate e aveva le piante dei piedi ferite e sanguinanti. Lo stesso valeva per gli altri. La gente lanciava nel lago i cocci di bottiglia che andavano a depositarsi sul fondo, formando un tappeto tagliente. Joseph e Matthew erano quelli in peggiori condizioni. Avendogli trovato in tasca delle bottiglie di *iglue*, gli aggressori gliele avevano versate sui capelli.

Con i vestiti zuppi d'acqua e intirizzito come gli altri, Lucas insistette perché si allontanassero immediatamente da quel posto prima dell'arrivo della polizia, questa volta in divisa.

— Potrebbero accusarci di aver sconfinato!

Magari avrebbe anche potuto trattarsi degli stessi uomini che li avevano gettati nel lago, ma chi mai avrebbe creduto a un *malunde*?

10

Al riparo di una soglia

Nessuno era sicuro di quale fosse la direzione giusta e non era facile raccapezzarsi. Le vie principali andavano evitate il piú possibile, per non rischiare di imbattersi in un *gumba-gumba* o in una macchina della polizia. Ogni volta che passavano davanti al cancello sbarrato di una casa, i cani si precipitavano a fiutarli e abbaiavano contro di loro. Se qualcuno li avesse visti, avrebbe potuto scambiarli per ladruncoli e avvisare la polizia. Ma quando arrivarono in un piccolo centro commerciale e avvistarono un guardiano notturno che si riscaldava al tepore di un fuocherello, decisero di farsi avanti. Lucas fece segno a Sipho di seguirlo mentre gli altri rimasero nell'ombra.

— *Sawubona, baba*, buona sera. Possiamo approfittare del suo fuoco per qualche minuto, per favore? — esordí Lucas.

— *Hawu, bafana*! Come mai avete i vestiti cosí bagnati, ragazzi miei? — domandò il guardiano. Era un uomo anziano e portava una coperta gettata sulle spalle.

— Degli uomini ci hanno catturato e gettato in acqua, *baba* — rispose Lucas.

— Che razza di uomini erano, per trattare in questo modo dei bambini? — disse l'uomo.

— Non sappiamo chi siano, tranne il fatto che guidavano un *gumba-gumba* e che noi non gli abbiamo fatto niente — continuò Lucas. — Senti, *baba*, ci sono altri nostri amici tutti bagnati e intirizziti. Possono avvicinarsi anche loro al fuoco, *baba*?

Il guardiano studiò attentamente i loro volti per qualche secondo e quindi fece un cenno d'assenso. Sipho si voltò a chiamare gli altri.

L'uomo preparò loro del tè, intanto che i ragazzi si stringevano attorno al fuoco. Scuotendo a tratti la testa, rimase ad ascoltare il loro racconto mentre si passavano la tazza bollente.

— La polizia! Dovrebbe essere proprio la polizia ad aiutarci a mettere fine a tutta questa violenza. Come sarà possibile vivere in pace se anche loro si comportano cosí? — commentò amaramente. Ma poi, guardando Lucas negli occhi, gli chiese: — Vi trattano sempre in questo modo, i poliziotti?

— Certi sí, ci rendono la vita difficile, ci picchiano e ci perseguitano. Ma non tutti, *baba*.

Lucas raccontò di un poliziotto che aveva arrestato quattro ragazzi bianchi, dopo che questi erano corsi dietro ai *malunde* minacciandoli con catene di bicicletta. C'erano anche poliziotti che facevano lavare il furgone in cambio di un po' di pane e di una tazza di tè e persino qualche spicciolo. Ma perlopiú la polizia era fonte di problemi.

— Come quella volta che ci hanno costretto a bere *mbamba* — soggiunse Jabu storcendo la bocca. — E poi ci hanno portato alla stazione di polizia con l'accusa di ubriachezza!

Fissando Jabu e Sipho accanto a lui, il vecchio disse: — Ho un nipote della vostra età. Mi darebbe un gran dolore sapere che vive per la strada come voi, ragazzi.

Prima di andarsene, il guardiano indicò loro la strada piú diretta per Hillbrow, e i ragazzi lo ringraziarono per la sua gentilezza. Avevano i vestiti ancora umidi ma non piú fradici. Nonostante i brividi che lo scuotevano, Sipho sentí che il peggio era passato. A Hillbrow avrebbero cercato una soluzione. Lucas disse che magari potevano passare un paio di notti là, per evitare un'altra incursione. Nel frattempo, lui avrebbe pensato a trovare un altro posto dove sistemarsi.

Le stelle stavano svanendo e cominciava ad albeggiare quando arrivarono in prossimità di Hillbrow. Era meglio dividersi, in caso la polizia fosse ancora di pattuglia. Si sarebbero incontrati piú tardi da Checkers, quando le strade sarebbero state piú affollate. I vari componenti della banda si sparpagliarono in direzioni diverse finché rimasero soltanto Sipho e Jabu. Stavano entrando a Hillbrow, tra alti palazzoni.

— A dopo, *buti*! — disse Jabu prima di svoltare in una strada laterale.

Sipho proseguí verso la cima della collina. Le sue scarpe di tela lacera sembravano produrre una sorta di eco. Le luci che illuminavano le finestre ai piani alti indicavano che la gente stava cominciando a svegliarsi, ma la strada era ancora stranamente silenziosa. Un uomo con un cane al guinzaglio diede uno strattone per allontanarlo da Sipho, quando si incrociarono. A lui sarebbe piaciuto fermarsi ad accarezzare quel cagnolino dai lunghi ciuffi di pelo che gli ricadevano sugli occhi, ma il padrone non aveva un atteggiamento molto cordiale. Ogni volta che passava un veicolo, Sipho si voltava a controllare che non si trattasse della polizia, ma la maggior parte erano taxi mattinieri.

Forse fu la prospettiva di potersi scaldare all'interno della sala giochi, una volta che avesse aperto, a guidare Sipho verso la strada in cui era approdato durante il suo primo giorno a Hillbrow. Sembrava che fosse passato ben piú di qualche giorno. L'inferriata davanti all'ingresso gli impediva di rifugiarsi lí. Magari, però, poteva aspettare sulla soglia del Covo di Danny, nella speranza che il signor Danny non se la sarebbe presa. Avvertendo all'improvviso una tale stanchezza da riuscire a mala pena a ragionare, si lasciò scivolare davanti all'entrata del negozio. Circondandosi il corpo con le braccia, come se in questo modo potesse sottrarsi alla terribile sensazione di umidità gelida e appiccicaticcia, rotolò sul marciapiede. Era duro e gli faceva male alla testa. Non aveva piú il berretto di lana. Gliel'avevano preso o l'aveva perso in acqua? Non se lo ricordava. L'unica cosa che contava era dormire.

— Ehi, papà! I vestiti di questo ragazzino sembrano fradici. Sta tremando nel sonno!

— Be', non può dormire qui. Dobbiamo aprire il negozio tra mezz'ora.

— Ma è soltanto un bambino, papà! È vergognoso che esistano bambini costretti a vivere in una simile condizione!

Il suono delle voci fece sobbalzare Sipho. Non voleva beccarsi altri calci nelle costole.

— Ah, sei tu! — disse la voce maschile.

Sipho si passò una manica sugli occhi e scorse la faccia baffuta del signor Danny.

— Mi dispiace... mi scusi, signore. Ora me ne vado — farfugliò Sipho alzandosi in piedi.

— Lo sai che finirai per ammalarti se dormi con i vestiti bagnati addosso? — disse il signor Danny.

— Aspetta, papà! Probabilmente non ha potuto farci niente! Come ti sei ridotto cosí? — domandò la ragazza alta accanto a lui.

Aveva i capelli lunghi, del colore del *mealies* maturo, e i suoi occhioni azzurri guardavano dritti in quelli di Sipho. Lui non sapeva che cosa dire. Queste persone gli avrebbero creduto?

— È stato uno scherzo, non è vero? È cosí che vi divertite a giocare tu e i tuoi amici? — azzardò il signor Danny.

— No, signore! Non stavamo giocando! Non stavamo facendo nulla di male, signore! Quegli uomini sono arrivati mentre dormivamo... — Prima ancora di avere il tempo di riflettere, Sipho spiattellò ogni dettaglio della nottata. Riferí dell'incursione, dei calci, delle urla e delle imprecazioni, del viaggio a bordo del *gumba-gumba*... di come era stato gettato nel lago senza che sapesse nuotare... del ritorno a Hillbrow, tremante, fradicio e con i piedi tagliuzzati...

Mentre raccontava, riviveva quelle scene orribili. Si strinse le braccia attorno al corpo e quando ebbe terminato di parlare cadde un silenzio di piombo. Poi lanciò una rapida occhiata alla ragazza. Aveva un'espressione rabbuiata e i suoi occhi azzurri non scintillavano come prima.

— Credo che faresti meglio a entrare — disse calmo il signor Danny. — Troveremo qualcosa di asciutto da metterti addosso.

Sul retro del negozio c'era un piccolo ufficio con un paio di sedie accanto a una scrivania ingombra di carte. La figlia del signor Danny prese una stufetta elettrica da sotto la scrivania e la accese.

— Puoi sederti qui — disse. — Papà è andato a prenderti dei vestiti asciutti. A proposito, come ti chiami?

— Sipho — rispose lui, proprio mentre il signor Danny faceva il suo ingresso nella stanza.

— Ecco, provati questi — disse, tendendogli una felpa verde e un paio di jeans neri. Gli indicò dei camici appesi dietro alla porta. — Puoi infilarti uno di quelli. E quando ti sarai asciugato puoi darmi una mano in negozio, se te la senti.

Il signor Danny si rivolse alla figlia: — Vieni, Jude. Faremo meglio a sbrigarci se vogliamo aprire in orario. Maria avrebbe già dovuto essere qui. Anche lo scorso sabato era in ritardo. Se continua cosí dovrò trattenerle qualcosa dalla paga. Quella gente ha sempre qualche scusa pronta!

— Maria non è “quella gente”, papà! Maria è Maria!
— Chiunque sia, la sola cosa che mi interessa è che sia puntuale!
Sipho venne lasciato solo nell’ufficio. Le dita gli tremavano mentre armeggiava per sbottonarsi la giacca. Sospirò. Appena il giorno prima gli era sembrato una gran cosa indossarla, e ora...! Soltanto in occasioni molto speciali sua madre riusciva a procurargli degli abiti nuovi. Per lo piú, i suoi vestiti erano di seconda o terza mano. Una volta spogliato, si sfregò vigorosamente il palmo delle mani su tutto il corpo, avvertendo l’onda di calore che emanava dalla sbarra elettrica incandescente. Non avrebbe voluto coprire la felpa nuova e i jeans, ma il signor Danny gli aveva chiesto di infilarsi il camice. Era lungo per lui, gli arrivava fin quasi alle caviglie. Che cosa avrebbe detto la mamma se avesse potuto vederlo ora, con indosso un camice come il suo, e se avesse saputo quello che aveva passato? Dopo aver rivoltato le scarpe, ne esaminò i tagli prima di sistemarle accanto alla stufetta, insieme al mucchietto dei suoi indumenti bagnati. Era indeciso se accovacciarsi vicino alla stufa o mettersi a sedere sulla sedia, quando sentí le voci del signor Danny e della figlia. Quella della ragazza gli arrivava distintamente.
— Che cosa intendi fare, papà? La polizia dovrebbe aiutare i bambini, non mettersi contro di loro!
La voce del signor Danny era troppo bassa perché Sipho potesse capire tutto quello che diceva, ma riuscí lo stesso ad afferrare qualche frase circa un lavoro.
— Papà, non è un lavoro che gli serve. Ha bisogno di un posto dove dormire! Un posto sicuro!
Proprio in quel momento furono interrotti da qualcuno e il signor Danny disse qualche frase concitata. Qualche attimo dopo la porta dell’ufficio si spalancò ed entrò un donnone accigliato. La sua ampia fronte scura riluceva di sudore sotto un basco nero. Era Maria. Si era

mostrata gentile con lui, quando gli era capitato di fare qualche lavoretto per il signor Danny. Nel vedere il ragazzo, il suo cipiglio si tramutò in un'espressione di sorpresa. Afferrando l'altro camice verde appeso dietro la porta, salutò Sipho e gli domandò cosa fosse successo. Prima che lui potesse aprire bocca, la figlia del signor Danny sgusciò nella stanza e la prese per mano.

— Vieni, Maria. Ora ci prepari una bella tazza di tè, cosí papà si calmerà e io ti racconterò tutto.

11

Il Covo di Danny

Senza fretta, Sipho masticò quanto rimaneva di una grossa fetta di pane e marmellata che gli aveva portato Maria. Un'ultima sorsata di tè serví a mandare giú il boccone. Che cosa aveva detto il signor Danny? Che poteva dargli una mano in negozio se "se la sentiva"? La stanchezza di prima era svanita e si sentiva molto meglio con i vestiti nuovi indosso e un po' di cibo nello stomaco. Ma che cosa ne era stato di Jabu e degli altri? Chissà se qualcuno di loro aveva avuto la sua stessa fortuna? E Joseph e Matthew avevano trovato chi li avrebbe aiutati a togliersi la colla dai capelli? Forse era il caso che andasse a vedere come stavano. Ma che cosa poteva fare per loro?

In quel momento il signor Danny fece capolino da dietro la porta. — Ah, Sipho. Hai un aspetto molto migliore. Adesso puoi venire ad aiutarmi.

Lo seguí fino all'entrata del negozio. La figlia del signor Danny stava prendendo del denaro dalla cassa e sorrise quando Sipho le passò davanti.

— Quello che ti chiedo di fare, Sipho... — il signor Danny fece una pausa, mostrandogli due magliette dai colori sgargianti avvolte nel cellophane — è metterti all'angolo della strada con queste in mano. Le mostri alle gente e urli: "Offerta speciale! Quindici rand! Solo al Covo di Denny!"

— Certo, signore — disse Sipho.

I baffi del signor Danny fremettero per un risolino improvviso.

— Forse è meglio che tu ti tolga quell'enorme camice. Cosí la gente potrà anche vedere quanto sono belle le nuove felpe addosso a te!

— Sí, signore — rispose Sipho sfilandosi il camice e dandolo al signor Danny in cambio del pacco di magliette.

Sipho si piazzò in un punto ben esposto ai raggi del sole. La temperatura stava salendo, ma ancora non faceva tanto caldo. Esibendo una maglietta verde in una mano e una rossa nell'altra, cominciò a gridare: — Offerta speciale!...

Il sole aveva già oltrepassato lo zenith, quando la figlia del signor Danny venne a chiedergli se voleva qualcosa da mangiare.

— Grazie, *miss*! — La sua voce stava cominciando a farsi rauca e una pausa era quello di cui aveva bisogno.

— Mi chiamo Judy — disse lei.

Che cosa significava? pensò Sipho. Alla fattoria gli avevano insegnato a rivolgersi ai figli dei bianchi con un "*missie*" o un "*baasie*". Persino sua nonna si rivolgeva loro a quel modo. Ma chiamare "padroncino" il suo compagno di giochi Kobus non gli era mai andato giú e quando erano da soli non lo chiamava mai cosí. Era una stupidaggine, ma se lo avesse fatto in pubblico il fattore e sua moglie lo avrebbero rimproverato per la sua sfrontatezza e magari avrebbero invitato la nonna a dargli una bella lezione.

— Papà dice che hai la stoffa del venditore. — La figlia del signor Danny continuò a parlare mentre rientravano nel negozio. — Ha notato che ci sono stati piú clienti del solito, anche per un sabato.

Judy – la ragazza insistette per farsi chiamare cosí – divise il suo pranzo con Sipho e si sforzò di mantenere viva la conversazione una volta che si furono seduti nell'ufficio. Era evidente che faceva di tutto per mostrarsi gentile. Ciononostante, Sipho si sentiva a disagio e quando lei gli chiese se i suoi genitori erano vivi, lui scosse la testa.

— Oh, mi dispiace — disse piano.

Sipho abbassò gli occhi. Aveva mentito istintivamente. Ma non era meglio cosí? Se avessero saputo di sua madre, magari lo avrebbero riportato da lei e allora... La mamma si sarebbe messa a piangere e anche lui sarebbe scoppiato in lacrime gettandosi tra le sue braccia, finché non fosse arrivato suo marito a dargli una "lezione" che non avrebbe mai scordato. Il solo pensiero lo fece rabbrividire di terrore. Per cercare di togliersi l'immagine dalla mente, Sipho si guardò intorno per vedere che fine avesse fatto il mucchietto di vestiti che aveva lasciato accanto alla stufa. Judy gli lesse nel pensiero.

— Maria ha dato una lavata ai tuoi vestiti. Sono stesi ad asciugare sul retro. Avresti dovuto vedere la faccia che ha fatto, quando ha sentito come puzzavano! Doveva essere proprio sporca, l'acqua in cui ti hanno gettato!

— *Ja*, proprio cosí — replicò Sipho stringendo le labbra.

Non voleva sembrare sgarbato, ma davvero non sapeva che cosa risponderle.

Dalla sua postazione all'angolo, dove stava passando il pomeriggio a promuovere la merce del Covo di Danny, Sipho non smetteva un attimo di guardarsi in giro alla ricerca dei componenti della banda. Un paio di *malunde* che conosceva di vista passarono di lí e lui domandò loro se avessero visto Lucas o qualcuno degli altri. Ma erano stati a Rosebank tutto il giorno e non sapevano niente del raid.

Piú tardi, il signor Danny lo chiamò dentro perché lo aiutasse a spazzare il negozio. Maria aveva già ritirato i banchi che stavano all'esterno e riordinato gli scaffali ed era pronta ad andare via, quando Sipho prese in mano la ramazza. Anche a lui sarebbe piaciuto andarsene un po' prima, per mettersi sulle tracce della banda. Il pensiero di dover dormire da solo lo spaventava piú che mai. Ma il signor Danny non gli aveva concesso l'opportunità di dire niente, prima di affidargli un altro lavoro. Inoltre, doveva recuperare i suoi vestiti. Con il calare del sole, l'aria si stava rinfrescando di nuovo e gli servivano il maglione e la giacca. Il signor Danny avrebbe voluto indietro la felpa e i jeans? si domandò Sipho.

— Puoi contare questi, Jude, per cortesia? — disse il signor Danny, portando nell'ufficio le mazzette accanto alla cassa.

Si richiuse la porta alle spalle, che però rimase leggermente socchiusa. Lasciato solo nel negozio, Sipho si dette da fare con la ramazza, facendo tanti piccoli mucchietti di sporcizia prima di raccoglierli al centro della stanza. Le voci del signor Danny e di sua figlia erano impercettibili, ma quando Sipho si avvicinò all'ufficio per prendere la paletta per la spazzatura dietro la porta, sentí pronunciare il suo nome e si fermò.

— Non è cosí semplice, Jude — stava dicendo il signor Danny. — Anche a me sembra un ragazzo a posto, ma in realtà non sappiamo niente di lui. Una cosa è vestirlo e fargli fare qualche lavoretto e un'altra è ospitarlo a casa nostra.

— E cosí non ti importa niente di lasciarlo dormire per strada, quando sai che rischia di essere pestato di nuovo?

— Lo sai che me ne importa, Jude, ma fin dove sei disposta ad arrivare? Centinaia... migliaia di bambini non hanno una casa, un posto decente dove stare. Non posso mica farmi carico di tutti!

— Stiamo parlando solo di Sipho, papà. E lui non ha nemmeno una famiglia. È orfano!

Sipho aggrottò le sopracciglia, sforzandosi di seguire i loro discorsi. Judy voleva portarlo a casa con loro?

— E come la mettiamo con David? Sai bene quanto sia diventato difficile da quando tua madre se n'è andata.

— David starà benissimo, papà. Soltanto, dovresti smetterla di dargliela vinta tutte le volte. Non fa che approfittare delle tue debolezze. Gli farà bene doversela vedere con qualcun altro — replicò Judy.

Padre e figlia continuarono a parlare e Sipho ad ascoltare. Anche se riusciva a capire solo in parte quello che dicevano. Chi era questo David? E cosa aveva detto il signor Danny a proposito della madre che se ne era andata? Quello che gli suonava veramente strano, comunque, era il modo in cui Judy parlava a suo padre. Sembrava non avesse alcun timore di dire la sua.

— Va bene, Jude, ma soltanto a titolo di prova. — Il signor Danny fece una pausa. — E sia ben chiaro, Jude, che se ad Ada non piace, se ne dovrà andare. Lei è brava a giudicare le persone e non ci metterà molto a dire la sua su questo giovanotto!

— D'accordo, ci sto! — La voce di Judy si fece acuta e gioiosa.

Il signor Danny e sua figlia stavano per uscire dall'ufficio, e Sipho si affrettò a bussare alla porta.

— Avrei bisogno della paletta, per favore — disse.

Il signor Danny lo fissò per qualche secondo, accarezzandosi la punta dei baffi tra il pollice e l'indice, prima di passarsi la mano tra i capelli. Sipho osservò le ciocche nere ricadere al loro posto. Lo sguardo di Judy continuava ad andare da suo padre a Sipho e viceversa.

— Senti, Sipho, ho una proposta da farti. Per il momento posso darti un posto dove dormire a casa mia e durante il giorno puoi lavorare al negozio. Vediamo come va. Che ne dici?

Sipho non sapeva che cosa rispondere. Era disorientato. Come sarebbe stato, dormire in una casa di bianchi? Aveva deciso di andare a vedere come stavano Jabu e gli altri subito dopo aver finito di lavorare. Loro non avevano altri posti per dormire se non la strada. Un posto duro, freddo e pericoloso. E ora gli veniva offerto di passare la notte in una casa, sotto un tetto e probabilmente in un letto con tanto di coperte.

— Perché non vieni con noi e vedi com'è? — lo invitò Judy, rompendo il silenzio.

— Grazie *m*... — stava per dire *miss* ma si fermò in tempo.

— Grazie signor Danny — disse.

12

Un letto caldo

Dal sedile posteriore della macchina del signor Danny, Sipho credette di scorgere Jabu. Ma non poteva esserne certo. Stavano passando davanti a Checkers, nella luce grigia che avvolge ogni cosa non appena il sole tramonta. Aveva sperato che il semaforo diventasse rosso per avere l'opportunità di guardare meglio. Invece era verde e l'auto svoltò subito, concedendogli appena il tempo di gettare una rapida occhiata ad alcune figure accoccolate intorno a un fuocherello sull'altro lato della strada. Una era incappucciata. Magari poteva trattarsi di Jabu.

Sipho riconobbe il posto dove lui e gli altri chiedevano soldi agli automobilisti. Un bimbetto piú giovane di lui se ne stava sulla banchina spartitraffico nel mezzo della strada, in attesa che le auto passassero. Sipho notò che stava tremando. Com'era strano essere in una delle macchine, con il caldo che saliva da sotto il sedile, e osservare chi se ne stava fuori tutto solo e infreddolito.

Ben presto lasciarono l'arteria piena di traffico con le sue fiumane di luci rosse e gialle e imboccarono strade in cui si alternavano villette e caseggiati. Nel rallentare di fronte a un edificio a cui si accedeva da una scala sulla strada, il signor Danny dette qualche colpetto di clacson. Sipho intravide un viso di sfuggita dietro le tende di una finestra al primo piano.

— Qui ci abita la mia amica Portia — disse Judy voltandosi verso Sipho. — Viene a passare la notte da noi.

— Proprio non capisco di che cosa abbiate tanto da parlare voi ragazze! — la canzonò il signor Danny. — Pensavo che ne aveste abbastanza di vedervi a scuola durante la settimana!

— È perché tu sei un asociale, papà! — ribatté Judy, mentre una ragazzina di colore in tuta rosa scendeva di corsa i gradini, salutando in direzione della finestra in alto. Qualcuno con un bimbo in braccio stava rispondendo al saluto. Judy si allungò all'indietro per aprirle la porta posteriore.

— Ciao, Portia! Il tuo fratellino è proprio carino! — disse, salutando il bambino con la mano.

Portia si mise a sedere accanto a Sipho sul sedile posteriore.

— Salve, signor Lewis! Grazie per essere passato a prendermi — disse con un sorriso. — Sai, Judy, il mio fratellino non è poi cosí carino quando piange la notte!

— Be', comunque è sempre meglio di mio fratello David! — replicò Judy.

— Questo non è giusto, Jude — la rimproverò il signor Danny.

Cambiando argomento, Judy presentò la sua amica a Sipho. Le perle che adornavano le sue treccine tintinnarono quando si voltò a salutarlo.

— Ciao! — disse in un tono vivace.

— Ciao! — rispose Sipho sommessamente.

Mentre ascoltava le ragazze parlare di compiti a casa, Sipho continuava a tenere lo sguardo fisso fuori dal finestrino. Sebbene fosse già abbastanza buio, le strade qui erano bene illuminate. Fermandosi a un semaforo rosso, il signor Danny indicò un punto davanti a sé. Scarabocchiata su un muro bianco campeggiava la scritta: VIVA MANDELA! VIVA ANC[1]!

[1] African National Congress, il Partito di Nelson Mandela.

— Ancora non sono al governo e già imbrattano i muri!

— Oh, andiamo, papà! Non penserai mica che sia stato Nelson Mandela in persona! Sei talmente prevenuto!

Judy fece una smorfia, rivolgendo gli occhi al cielo. Sembrava in imbarazzo. Portia si accigliò ma rimase in silenzio. C'era qualcosa di strano nel signor Danny, pensò Sipho. Sarebbe stata una cosa inconcepibile, per il fattore bianco, mandare suo figlio Kobus in una scuola frequentata da bambini di colore o permettere a un ragazzo di colore di dormire a casa sua. Il signor Danny invece non ci trovava niente di male. Ma allora perché non gli piaceva Nelson Mandela?

Si erano lasciati alle spalle i caseggiati e ora la strada era fiancheggiata da villette su entrambi i lati. All'improvviso, il signor Danny fermò l'auto davanti a un cancello. Come per magia, si accesero di colpo alcune luci che illuminarono un'abitazione bassa e lunga, nascosta in parte da una siepe. Dopo aver tirato giú il finestrino, il signor Danny parlò in una piccola scatola di metallo collocata su un palo e, di nuovo come per magia, le porte del cancello cominciarono lentamente ad aprirsi.

— Sto morendo di fame! — dichiarò Judy una volta che furono entrati. — Ada ancora non sa del tuo arrivo, Sipho, ma tanto prepara sempre da mangiare in abbondanza. Sa che io e Portia abbiamo un appetito da lupi!

— Parla per te! — fu il commento scherzoso di Portia.

Ancor prima di raggiungere la soglia, Sipho sentí il rumore metallico di un catenaccio e un ripetuto abbaiare mentre la porta veniva aperta. Un cane di taglia media con lunghe orecchie cascanti schizzò fuori e si mise a saltellare loro intorno, annusandoli e leccandoli.

— Stai giú, Copper! — gli ordinò Judy.

Sipho fece per allungare la mano e accarezzare il cane ma, come alzò lo sguardo sulla donna che aveva aperto la porta, si sentí d'un tratto prendere dal panico. Era piccola di statura, come sua madre, ma sembrava piú vecchia. Sotto la fronte color cioccolato segnata dalle rughe, i suoi occhi ricordavano quelli di Gogo e della donna nel taxi. Occhi scuri e profondi, capaci di guardare dentro di te e capire se stavi dicendo la verità. Lui aveva lasciato credere a quelle persone di essere orfano... Forse avrebbe fatto meglio ad andarsene. Tutto, in quel posto, gli faceva una strana impressione. Lanciò una rapida occhiata sopra la spalla, appena in tempo per scorgere il cancello che si chiudeva automaticamente, imprigionandoli dentro.

— Questo giovanotto è Sipho — annunciò il signor Danny.

— Salve, Sipho, *sawubona*!

La donna sulla soglia lo salutò con voce ferma. Se era sorpresa, non lo diede a vedere.

— *Sawubona, Mama*! — rispose Sipho, senza staccare gli occhi dal disegno del tappeto mentre entrava in casa. Indossava la giacca militare e le scarpe rotte ancora umide, e teneva sotto il braccio gli altri vestiti ripiegati. Copper li seguí in casa e cercò di annusare il fagotto. Il lungo pelo ondulato dell'animale si accese di una tinta rossiccia sotto la luce elettrica.

— Smettila Copper! Siamo affamati, Ada! Possiamo mangiare subito? Dobbiamo aggiungere un posto a tavola.

Judy fece segno a Sipho di seguire lei e Portia in una stanza dove c'era un lungo tavolo coperto da una tovaglia bianca. Un'estremità era apparecchiata con piatti, coltelli, forchette e bicchieri scintillanti.

Oltre a un tavolinetto in un angolo, nella stanza non c'erano altri mobili, ma ogni parete era coperta di quadri. Alcuni grandi, altri piccoli, con figure o macchie di colore. Anche la baracca di sua madre era piena di immagini. Aveva tappezzato tutti i muri con le pagine ritagliate dalle riviste. Sdraiato per terra sul suo materasso, Sipho poteva ammirare le foto di celebrità dello spettacolo o di qualche personaggio sorridente che lo invitava a comprare qualcosa. Queste immagini però erano diverse.

Stava ancora guardandosi attorno allorché fece il suo ingresso nella stanza un ragazzino che lo superava in altezza di tutta la testa. In macchina Judy aveva detto che suo fratello aveva tre anni meno di lei, cioè soltanto undici.

— Questo è David — disse Judy.

Il ragazzo sgranò gli occhi mentre Judy gli presentava Sipho. I suoi capelli erano piú scuri di quelli della sorella, di un bruno che ricordava la barba del *mealies* maturo, e che gli ricadevano sugli occhi. Scostando qualche ciocca, salutò con un impercettibile cenno del capo e si sedette a tavola. Sipho gli fu messo a sedere di fronte. Le sue labbra sottili avevano gli angoli rivolti all'ingiú e c'era qualcosa, in lui, che faceva sentire Sipho non proprio a disagio, ma un po' inquieto.

Comunque, il profumo di pollo ebbe presto il sopravvento. Gli occhi di tutti, compresi quelli di Copper, si appuntarono su *Mama* Ada che entrò nella stanza sorreggendo un enorme vassoio. Il pollo arrosto circondato da croccanti patate al forno fu depositato di fronte al signor Danny. Sipho avvertí un rimescolio nello stomaco. Aveva già l'acquolina in bocca!

— Puoi cominciare con questo — disse il signor Danny, porgendo a Sipho un piatto con un'enorme coscia di pollo e due patate. — Serviti pure da solo la salsa e le verdure.

Dopo il silenzio seguito ai primi bocconi, Judy e Portia cominciarono a chiacchierare, con il signor Danny che interveniva di quando in quando. Sipho stava appunto pensando quanto sarebbe stato meglio non dover armeggiare con coltello e forchetta, quando il signor Danny gli disse che poteva usare le dita. Alzando lo sguardo, Sipho sorprese il fratello di Judy a fissarlo.

Non era uno sguardo amichevole. David quasi non apriva bocca, nemmeno quando il padre gli domandò della partita di rugby.

— Non mi va di parlarne, papà.

— Allora scommetto che avete perso! — ghignò Judy.

Il fratello la guardò in cagnesco, ma non disse nulla. Nemmeno l'enorme budino al cioccolato e il gelato portati in tavola da *Mama* Ada riuscirono a strappargli un sorriso. L'unico gesto carino che Sipho gli vide fare fu quello di allungare un pezzo di pollo a Copper, sotto il tavolo.

Dopo cena Judy scortò Sipho lungo un corridoio sul quale si affacciavano varie stanze. C'erano due salotti.

— Qui guardiamo la tivú e quest'altro è il soggiorno — disse Judy. I divani, che dall'aspetto sembravano molto comodi, erano rivestiti di un tessuto a fiori. Un'intera parete era coperta dal soffitto fino a terra da tende verde scuro. In un angolo c'era un pianoforte e anche qui si vedevano quadri dappertutto.

Sembrava che ogni membro della famiglia disponesse di una camera. Dopo avergli indicato la stanza del padre, Judy mostrò a Sipho la sua.

— Non badare al disordine! Ada mi sgrida sempre!

Portia se ne stava sdraiata su uno dei due letti con una rivista sulle ginocchia. Rivolse loro un sorriso e tornò alla sua lettura. Di fronte ai letti c'era uno stereo. Cassette, libri e riviste erano sparpagliati per terra.

— Questa è la camera di David, ma è meglio non entrare, altrimenti strilla. Qui invece è dove dormirai tu, Sipho.

Erano arrivati nell'ultima stanza in fondo al corridoio. Dentro regnava un ordine assoluto. Accanto al letto c'era uno scrittoio completamente sgombro. Un unico quadro sopra il letto: un paesaggio con alberi e fiori di un rosso fiammeggiante sullo sfondo di montagne azzurrine.

— Scommetto che vorrai darti una bella lavata per ripulirti da quell'orribile acqua di lago — disse Judy. — Aspetta un attimo. Torno subito.

Sipho aveva notato due bagni, uno dei quali proprio di fronte alla sua stanza. Judy tornò con un grande asciugamano morbido, diversi pigiami e un paio di eleganti *takkies* bianche.

— Questi pigiami sono troppo piccoli per David e io ormai non uso piú queste scarpe per giocare a tennis. Puoi tenerle, se ti vanno bene.

— Direi di sí. Grazie — disse Sipho. Le scarpe sembravano praticamente nuove.

Mentre osservava il vapore prodotto dall'acqua che scorreva nella vasca, Sipho si domandò quanta ne dovesse usare. Quando devi trasportare l'acqua da lontano, ne prendi giusto la quantità che ti serve. Chissà se qualcuno si stava preoccupando di controllare quanto a lungo la lasciava scorrere. Era certo di no. Comunque non voleva sprecarla. Quando la vasca fu piena per un quarto, chiuse i rubinetti.

Una volta a mollo nell'acqua bollente, varie immagini cominciarono ad affiorargli alla memoria. Gogo che gli faceva il bagno in una piccola vasca nel cortile, quando era piccolo. E il modo in cui lo strofinava e lo stringeva tra le braccia. Jabu che infilava la testa sotto il rubinetto della ferrovia. Lui stesso che tuffava la testa sotto il getto e vedeva i suoi amici *malunde* attraverso un fiotto d'acqua gelida. Il suo corpo che veniva gettato nel lago ghiacciato.

Piú tardi, disteso sotto le coperte, cercò di immaginare i posti in cui i suoi amici stavano dormendo. Chissà se Lucas era riuscito a trovare un nascondiglio in un sottoscala, in un vicolo o in un altro spiazzo abbandonato. Il debole suono che gli giungeva alle orecchie dallo stereo di Judy, gli riportò alla mente una canzone che aveva sentito provenire qualche volta dai club e dai caffè, a

Hillbrow. Avrebbe avuto freddo laggiú. Il signor Danny e Judy erano stati davvero gentili con lui. Ma non si poteva dire lo stesso di David. Quanto a *Mama* Ada... non appena avesse cominciato a fargli qualche domanda, non ci avrebbe messo molto a scoprire la verità. E cioè che lui non era proprio orfano. E se avessero scoperto che aveva una madre e un patrigno? Che cosa sarebbe successo?

Sipho si rigirò nel letto e affondò la faccia nel cuscino. Qualche giorno prima Jabu gli aveva raccontato di come gli struzzi infilano la testa sotto la sabbia.

Adesso avrebbe voluto poter fare lo stesso. Se solo avesse potuto scacciare tutti quei pensieri inquietanti che gli affollavano la mente.

13

Un altro mondo

Al suo risveglio, una lama di sole si disegnava sulla parete di fronte alla finestra. Non sapendo bene che cosa fare, Sipho rimase a crogiolarsi nel letto morbido, ascoltando i rumori della casa. Regnava un profondo silenzio. Abbastanza da permettere di sentire il cinguettio degli uccelli. Ogni tanto un cane abbaiava in lontananza. Non si sentiva passare nemmeno una macchina. Forse perché era domenica. Di domenica mattina anche la *township* era piú tranquilla. Eppure, quando si svegliava sul materasso gettato per terra nella baracca, immancabilmente gli arrivavano i rumori circostanti: il pianto di un bimbo, il richiamo di una voce, i latrati o l'uggiolio di un cane, qualcuno che gli urlava di smetterla, il canto rauco di un gallo...

Aveva richiuso gli occhi e cercava di individuare il numero degli uccelli là fuori dai loro differenti richiami, quando sentí grattare alla porta della stanza. Sulle prime rimase interdetto, finché non si rese conto che si trattava di Copper. Scivolò fuori da sotto le coperte per farlo entrare. Nel bagliore della luce del sole, il suo pelo serico appariva ancora piú ramato della sera precedente.

— *Sawubona*, Copper! — sussurrò Sipho. — Sei un bravo cane.

Copper guardò in alto come se capisse, mentre Sipho lo accarezzava e lo grattava dietro le orecchie. Seduto sulla sponda del letto, con Copper docilmente accoccolato ai suoi piedi, Sipho cominciò a provare la sensazione di avere incontrato qualcuno di cui potersi fidare. Quando, un po' piú tardi, Judy fece capolino da dietro la porta per chiedergli se volesse fare colazione, sorrise vedendolo cosí.

— Devi proprio piacere a Copper! Di solito non dà mai confidenza agli estranei.

Ma se gli occhi di Copper lo facevano sentire al sicuro, quelli di *Mama* Ada lo mettevano alquanto a disagio e non passò molto che la donna trovò il modo di fargli qualche domanda. Si era avvicinato al lavello per portarle la sua scodella da lavare, quando si sentí interpellare:

— Raccontami di te, Sipho. Come mai sei finito sulla strada?

— Vivevo con mia nonna, *Mama*. Lei lavorava per il fattore bianco. Poi è morta.

— E dopo chi si è preso cura di te?

Sipho abbassò lo sguardo sulle piastrelle decorate del pavimento, profondamente dibattuto nell'animo. Non voleva mentire, ma che altro poteva fare?

— Mia madre... mi ha portato qui. Ma poi si è ammalata gravemente, *Mama*. — Si fermò, la voce ridotta a un filo. No, non poteva spingersi fino al punto di dichiarare esplicitamente che sua madre era morta. Sarebbe stato troppo da parte sua. Si limitò ad asciugarsi gli occhi con il dorso della mano.

— Non c'era nessuno che potesse badare a me... laggiú c'era troppa violenza e un sacco di gente che si faceva ammazzare. Cosí sono venuto in città.

— Dove abitava tua madre? — chiese *Mama* Ada.

Sipho cadde di nuovo in preda al panico. Doveva menzionare un posto diverso.

— A Phola Park, *Mama*.

Mama Ada rimase in silenzio. Phola Park era un luogo famigerato. Migliaia di persone senza casa vi avevano costruito le loro baracche.

— Quello non è posto per un bambino... sia pure con una madre — disse la donna, scuotendo la testa e voltandosi verso il lavello per finire di lavare i piatti. Indicandogli uno straccio, chiese a Sipho di aiutarla ad asciugare le stoviglie.

Non era chiaro se *Mama* Ada gli credesse o meno. Sipho si domandò che cosa avrebbe detto al signor Danny. Ma lui era già uscito. Judy disse che tutte le domeniche andava a giocare a golf. Un po' piú tardi anche *Mama* Ada uscí di casa. Aveva preparato qualcosa da mangiare e prima di andarsene annunciò che sarebbe rientrata il mattino dopo.

— Ada va a trovare i suoi figli. Sono tutti grandi, cosí va a casa soltanto il fine settimana — spiegò Judy a Sipho dopo che *Mama* Ada li ebbe salutati.

— Dove vivono? — chiese Sipho.

— Oh, da qualche parte a Soweto.

Si sentí sollevato. Almeno *Mama* Ada non veniva dalla sua stessa *township*.

— Ada sta con noi da quando ero piccola. È una persona straordinaria e molto saggia. Ha tirato su me e David, oltre ai suoi cinque figli, e ha fatto tutto da sola. Dovresti sentirla raccontare di come si è sbarazzata di quell'ubriacone di suo marito! Ne va fierissima!

Sipho non sapeva che cosa dire. I discorsi di Judy lo interessavano molto, ma non era abituato a quel modo di parlare. Il fatto che Judy si rivolgesse a *Mama* Ada chiamandola per nome gli sembrava irrispettoso. Gli fece pensare a Kobus che chiamava Gogo – la quale era abbastanza vecchia da poter essere sua nonna – "Sarah". Allo stesso tempo, però, sembrava che Judy volesse veramente bene a *Mama* Ada. E se davvero era cosí saggia come diceva Judy, lui avrebbe dovuto stare attento a non tradirsi.

Sipho trascorse gran parte della giornata a guardare la tv, ad ascoltare musica e a giocare a carte con le due ragazze. Il fratello di Judy sembrava tenersi alla larga, chiuso nella sua stanza. Quando un suo amico si presentò alla porta, invece di invitarlo a entrare, David gli propose di andare insieme da un altro amico. Sipho notò che Portia inarcava le sopracciglia e Judy si stringeva nelle spalle. Nessuna delle due fece alcun commento. Il comportamento di David aveva qualcosa a che fare con la sua presenza? Sipho scorse i due ragazzi sul vialetto di casa. L'amico era bianco e i due stavano chiacchierando fitto fitto. Stavano parlando di lui?

Nel tardo pomeriggio, poco prima di salire in macchina con suo padre per accompagnare Portia a casa, Judy riforní Sipho di un fascio di vecchi giornaletti a fumetti. Assorto nella lettura delle avventure di Batman, quasi non si accorse che David era entrato in salotto finché la televisione non si accese a tutto volume. Copper, che sonnecchiava sul pavimento di fianco a Sipho, balzò in piedi abbaiando e si diresse a passi felpati verso David, agitando la coda festoso. Senza dire una parola, David si lasciò cadere sul divano di fronte al piccolo schermo, grattando Copper dietro le orecchie, proprio come aveva fatto Sipho.

Quella sera a cena, tuttavia, David si mise improvvisamente ad accusare la sorella di avergli rubato i fumetti dalla libreria.

— Oh, andiamo, David! Non è mica rubare, prendere qualche vecchio fumetto! — disse Judy ridendo.

Sipho si sentí avvampare in volto.

— Smettetela voi due! — disse il signor Danny alzando la voce. — Qual è il problema?

— Dave fa delle storie perché ho presto in prestito qualche fumetto da dare a Sipho.

— Non mi hai chiesto il permesso! — sbottò David.

— Non te l'ho chiesto perché non c'eri! E comunque qual è il problema? Sipho li sta solo leggendo, mica se li *mangia*! — gli rispose per le rime Judy.

— Sentite, non ho nessuna intenzione di assistere a una discussione a tavola, tanto meno di domenica, il mio unico giorno di riposo — dichiarò il signor Danny con fermezza.

Judy e David si guardarono di traverso ma rimasero zitti. Sipho era imbarazzato. Judy aveva ragione. Non se li era mica mangiati, i fumetti! Erano sani e salvi nella stanza accanto. Suo fratello doveva avercela con lei per qualche altro motivo. Qualunque fosse, era probabile che c'entrasse Sipho.

— Domattina fatti trovare pronto alle sette meno un quarto, Sipho. — La voce del signor Danny interruppe i suoi pensieri. — Usciremo per andare in negozio, d'accordo?

— Certo, signore — rispose Sipho. — Sarò pronto.

Avrebbe voluto chiedere al signor Danny se lo avrebbe riportato di nuovo a casa con lui, la sera, ma non gli sembrava il momento adatto.

— Spero che voi due abbiate fatto i compiti per domani — disse il signor Danny alzandosi da tavola. Fissò il figlio.

— Sí, papà — rispose David con voce annoiata, di malavoglia.

Come la notte precedente, Sipho non si addormentò subito. I pensieri che gli frullavano in testa erano troppi. Uno gliel'aveva fatto nascere il signor Danny, parlando di compiti. Per un'intera settimana non aveva pensato alla scuola. Si erano resi conto della sua assenza? Con una classe di quasi settanta bambini, c'era da sperare che la maestra non se ne accorgesse nemmeno. Ma non la sua che faceva l'appello ogni giorno ed era molto severa. Dopo una settimana di assenza avrebbe sicuramente cominciato a pretendere una giustificazione. Forse Gordon aveva detto qualcosa? Oppure sua madre era andata a cercarlo a scuola?

In quel letto soffice e caldo, aveva l'impressione di trovarsi in un altro mondo rispetto a quello di Gordon, di sua madre e dalla *township*. Eppure era una distanza che si poteva colmare con una corsa in taxi. E Jabu e il resto della banda erano anche piú vicini... da qualche parte a Hillbrow, all'addiaccio.

14

Nervi a fior di pelle

Sipho passò la mattinata del lunedí a sbandierare magliette all'angolo della strada, oppure a badare che nessuno rubasse la merce esposta sulle bancarelle fuori dal negozio. Quando il signor Danny gli disse che poteva fare una pausa per il pranzo, Sipho lo informò che intendeva andare a cercare i suoi amici. Nessuno di loro era passato in sala giochi.

— Vedi di essere di ritorno tra un'ora — lo ammoní il signor Danny. — A proposito, Maria ti ha preparato un panino. Faresti meglio a portartelo dietro.

Il signor Danny era sconcertante. Un momento era brusco e un momento dopo si preoccupava per lui. Sbocconcellando il panino, Sipho zigzagò lungo il marciapiede tra i passanti e i venditori ambulanti, diretto verso Checkers. Era quasi arrivato, quando scorse Joseph e Jabu indaffarati con una macchina che stava parcheggiando in una traversa. Sipho lí chiamò a voce alta e aspettò che avessero finito. Non si erano forse incontrati da quelle parti la prima volta, non piú tardi di una settimana prima? Joseph indossava sempre la sua giacca militare, ma stavolta aveva un berretto di lana calcato sulle orecchie. Rispose al saluto di Sipho senza sorridere.

— *Heyta, buti*! Dov'eri finito? Pensavamo che ti avessero rapito! — Almeno Jabu sembrava realmente contento di rivederlo.

Sipho fece una smorfia. — Che cosa ve lo ha fatto credere?

Un ragazzo di un'altra banda, gli spiegò Jabu, lo aveva visto fare pubblicità al Covo di Danny all'angolo della strada. Altri sostenevano di averlo riconosciuto sul sedile posteriore di una macchina guidata da un bianco. Poi, non vedendolo ricomparire, avevano cominciato a domandarsi che fine avesse fatto.

Sipho raccontò quello che gli era successo, aggiungendo che ancora non sapeva se il signor Danny lo avrebbe riportato a casa con lui quella notte. Sarebbe stato a vedere. Ma che ne era stato di loro, invece?

— Che cosa credi? Mentre tu te ne stavi al calduccio sotto le coperte noi eravamo in mezzo alla strada! — C'era una nota di rancore nella voce di Joseph.

— Calmati, Joe! — disse Jabu posandogli una mano sulla spalla. Le ultime due notti avevano dormito in un cortiletto sul retro della farmacia. Almeno erano stati al riparo dal vento. Il problema era che la mattina dovevano sloggiare prima che arrivasse il padrone.

— Lucas sta cercando un nuovo posto. Magari trova qualcosa di meglio — disse Jabu speranzoso.

Non c'era traccia degli altri da Checkers, e per Sipho era ormai ora di tornare al Covo di Danny. Joseph scoppiò a ridere quando si mostrò preoccupato di non fare tardi.

— Io preferisco godermi la mia libertà, amico! Adesso, per esempio, mi va di schiacciare un pisolino ed è quello che farò!

Si lasciò scivolare sul marciapiede, la schiena contro il muro del supermercato, e una mano in tasca a proteggere il rigonfiamento familiare.

— Ti accompagno — si offrí Jabu. — Cosí ti faccio vedere dov'è il nostro nuovo *pozzie*.

Qualcosa, nell'atteggiamento di Joseph, aveva dissuaso Sipho dal domandargli come fosse andata a finire la storia dell'*iglue* nei capelli. Aveva notato che portava un berretto.

— Non vuole che la gente lo veda a testa nuda — disse Jabu, mimando una sforbiciata con il rapido movimento di due dita attorno alla testa di Sipho. — Il barbiere ha dovuto rasarlo a zero!

Lo stesso valeva per Matthew. Non riuscendo a sciacquare via la colla dai capelli, avevano deciso di rivolgersi a un barbiere. Alcuni li avevano cacciati via, dato che talvolta i *malunde* importunavano i clienti. Ma quello da cui erano stati era rimasto scosso dalla loro storia e non aveva nemmeno voluto farsi pagare. Tuttavia, mentre Matthew scherzava sulla propria testa liscia come una palla da biliardo, Joseph non si era ancora ripreso.

Si trovavano ad appena un paio di isolati di distanza dal Covo di Danny, quando il suono aspro di due voci si levò sul ronzio sordo della strada. Vedendo formarsi un capannello, i ragazzi si avviarono in quella direzione.

— Sono stufa di averti sempre alle calcagna! Lasciami in pace una buona volta!

Una donna piuttosto giovane e pesantemente truccata, con indosso un paio di orecchini, una sgargiante camicetta rossa e una minigonna nera, stava urlando in faccia a un uomo piú anziano vestito di un completo azzurrino. L'uomo era basso e grasso e teneva le braccia conserte, benché gli occhi piccoli e pungenti suggerissero che fosse pronto a scattare.

— Hai promesso di venire con me e quindi non fare tante storie! Avresti proprio bisogno di una bella lezione!

La voce dell'uomo era ridotta a un ringhio. Sipho sentí rivivere ricordi orribili. Da quando era andato a stare nella *township* aveva assistito piú volte a quel genere di discussioni tra un uomo e una donna. Sapeva esattamente come sarebbe andata a finire e lo spettacolo non sarebbe stato gradevole. Quella era poco piú che una ragazzina, piú o meno dell'età di Lucas. Inoltre il signor Danny si sarebbe arrabbiato, se fosse arrivato in ritardo. Perciò diede un colpetto al braccio dell'amico in segno di saluto e sgusciò via tra i curiosi.

— Passerò a trovarti — gli gridò dietro Jabu, che rimase a osservare la scena.

Il signor Danny riportò Sipho a casa con sé quella sera, e cosí la sera dopo e quella successiva. Non venne mai detto niente di esplicito. Ma ogni sera Sipho spazzava e qualche volta passava anche lo straccio sul pavimento del negozio, mentre il signor Danny si chiudeva a lavorare nell'ufficio. E ogni sera, dopo che il signor Danny aveva finito, ricompariva da dietro la porta e diceva: — Andiamo, Sipho? Sei pronto?

Una volta a casa, trovavano *Mama* Ada e Copper ad attenderli sulla soglia. Copper abbaiava, scodinzolava e si strusciava contro le loro gambe. Anche se era occupata a fare i compiti, Judy li accoglieva sempre con un "ciao!". *Mama* Ada chiedeva a Sipho come gli fosse andata la giornata e lui le rispondeva, stando attento a non lasciarsi sfuggire qualche particolare sul suo passato. Soltanto David continuava a starsene sulle sue, rivolgendogli a mala pena la parola. A metterlo ancora piú a disagio c'era il fatto che il signor Danny gli aveva dato dei vestiti smessi di David, alcuni praticamente nuovi. Ma dal modo in cui David lo guardava, senza dire una parola, si sarebbe detto che Sipho non avesse il diritto di metterli... quasi fosse un ladro.

Certe sere, invece di guardare la televisione, Judy tirava fuori un mazzo di carte o un gioco di società. Qualche volta si aggregava anche il signor Danny, ma per lo piú Judy e Sipho giocavano da soli. Judy gli chiese fino a quale classe fosse arrivato e Sipho rispose che aveva frequentato la seconda. Lei allora si offrí di aiutarlo, dopo aver scovato un paio di vecchi libri di testo di matematica e di inglese di seconda. Erano appartenuti a David, che adesso frequentava la quarta. Tuttavia, dopo un'intera giornata di lavoro, era difficile per Sipho concentrarsi sullo studio, e cosí le lezioni non duravano mai troppo.

Quando non guardava la televisione o non la usava per i videogame, David se ne stava barricato in camera sua. Una sera, però, si mostrò di umore migliore del solito e invitò il padre a provare uno dei suoi giochi.

— Dovrò esercitarmi di nascosto per riuscire a batterti, un giorno di questi! — scherzò il signor Danny di fronte al punteggio apparso sullo schermo. — Coraggio, Sipho, provaci tu! — Il signor Danny gli cedette i comandi, ma non appena Sipho li afferrò, David si precipitò fuori dalla stanza sbattendo la porta.

— David, vieni qui! — lo richiamò il signor Danny senza ricevere risposta.

Sipho cercò di concentrarsi sul gioco mentre padre e figlia discutevano sottovoce. Dopodiché il signor Danny uscí dalla stanza e Sipho smise. Non si stava affatto divertendo.

— Me ne vado a letto — disse a Judy.

— Sipho, non devi far caso a David — disse lei, mortificata. — Da quando la mamma se n'è andata l'anno scorso, David è diventato intrattabile. Ce l'ha sempre con tutti, Ada compresa.

— Io non gli piaccio — affermò Sipho in tutta semplicità.

— Al momento non gli piace nessuno — replicò Judy.

Era già quasi con la mano sulla maniglia della porta quando Judy disse: — Vedi, David è sempre stato un mammone...

Le tremò improvvisamente la voce e si interruppe. Eppure di solito sembrava cosí sicura di sé. Sipho si voltò a guardarla. Continuava ad arrotolarsi lunghe ciocche di capelli intorno alle dita.

— Quando io e lei discutevamo per delle sciocchezze,

David prendeva sempre le sue difese. E quando lei e papà cominciarono a litigare furiosamente, lui dava immancabilmente la colpa a papà. Per David è stato un vero e proprio shock, quando mamma se n'è andata...

Seguí un'altra pausa.

— Scommetto che il suo fidanzato non voleva saperne di ritrovarsi David tra i piedi a Cape Town... David si rifiuta persino di parlarle al telefono quando lei chiama. Papà si rifugia nel lavoro e io cerco di farmene una ragione. David invece soffre ancora molto.

Sipho non sapeva che cosa dire e fortunatamente Judy non sembrava aspettarsi una risposta. Ravviandosi i capelli con le dita, all'improvviso sembrò imbarazzata.

— Scusami se l'ho fatta tanto lunga nel raccontarti i nostri problemi. Dimenticavo che tu sai bene che cosa significa perdere una madre e tutto il resto.

Sipho si morse il labbro e le augurò la buonanotte.

Per tutto il giorno seguente, mentre lavorava in negozio, Sipho continuava a ripensare a quanto gli aveva detto Judy, in particolare alla frase: «Non devi far caso a David.» Ma ci stava comunque male, quando David lo guardava come se fosse un rifiuto. Judy aveva detto che suo fratello ce l'aveva con tutti. Sipho si ricordò della rabbia che lo aveva assalito l'ultima volta che era stato picchiato dal suo patrigno. Allora non aveva voluto parlare con nessuno per giorni. Era cosí che si sentiva David? Però lui, Sipho, era in collera perché il suo patrigno era violento e lo riempiva di botte senza motivo, mentre sua madre non voleva – o non poteva – fare niente per proteggerlo. Nessuno picchiava David. E non aveva forse tutto quello che voleva? A eccezione di sua madre. Lei gli aveva preferito qualcun altro. E questa era una cosa che feriva. Lui lo sapeva bene...

Inoltre, c'era quel lieve ritrarsi di David ogni volta che Sipho gli passava accanto. Come se temesse di prendersi qualche malattia. David lo metteva continuamente di fronte al fatto che lui non apparteneva veramente a quella famiglia.

D'altro canto sembrava che nemmeno i *malunde* lo riconoscessero piú come uno di loro. Aveva incontrato alcuni membri della banda una o due volte, durante la sua pausa pranzo o quando capitava che andassero in sala giochi, e Jabu si era fatto vivo in un paio di occasioni. Ma il tempo che trascorrevano insieme era poco e al signor Danny non piaceva che nel negozio entrassero persone che non avevano intenzione di fare acquisti. A Sipho, inoltre, mancava la libertà di potersene andare in giro insieme, a chiacchierare e a osservare le attività della strada senza che ci fosse nessuno a far loro fretta. Soltanto una volta, durante la settimana, aveva avuto l'opportunità di andare a verificare che il piccolo rinoceronte fosse ancora invenduto. Era sempre lí, con il suo sguardo preoccupato.

— Non temere, presto verrò a prenderti! — gli aveva detto in un bisbiglio.

Ma dal signor Danny non aveva ancora ricevuto un soldo, e non sapeva se fosse il caso di chiedergliene. Forse avrebbe ricevuto una paga a fine mese, come un adulto. O magari non avrebbe avuto niente, dato che aveva vitto e alloggio a casa del padrone.

Comunque non era mica prigioniero del signor Danny. Almeno la domenica avrebbe potuto trascorrerla con gli amici, e tenersi cosí alla larga da David. Sipho cominciò a programmare il suo giorno di libertà.

15

Amicizia

Il signor Danny e Judy si mostrarono lievemente sorpresi quando sabato Sipho annunciò loro della sua intenzione di andare a trovare gli amici. David, come al solito, si limitò a fissarlo, ma stavolta Sipho credette di scorgere un guizzo di curiosità nel suo sguardo.

— Domani viene Portia. Ci siamo divertiti la scorsa settimana, tutti insieme — disse Judy.

Ma Sipho ormai era deciso e nemmeno il pensiero di doversela fare a piedi fino a Hillbrow lo scoraggiava.

— Fai in modo di non tornare a casa piú tardi delle sette e mezzo, altrimenti cominceremo a stare in pensiero — disse severo il signor Danny, con un sopracciglio alzato.

Sipho si domandò il perché di quell'atteggiamento.

— Certo, signore — rispose.

Non aveva un orologio ma se fosse ripartito da Hillbrow al calare del sole sarebbe arrivato in orario.

Sipho voleva arrivare al nuovo *pozzie* della banda all'ora del risveglio. Quando aprí la porta d'ingresso all'alba della domenica, mentre l'intera casa era immersa nella quiete piú assoluta, Copper cominciò a scodinzolare festoso. Si aspettava che Sipho lo portasse fuori a fare una passeggiata. In genere, di buon mattino, il signor Danny si faceva una corsetta di un paio di isolati con Copper che gli trotterellava al fianco.

— No, Copper, non ti posso portare con me — bisbigliò Sipho. — Uscirai piú tardi.

Sgusciò attraverso la porta accostata e la richiuse rapidamente dietro di sé sotto lo sguardo afflitto di Copper. Soltanto dopo lo scatto della serratura si rammentò che il cancello era chiuso e che il pulsante per aprirlo si trovava all'interno. Il cancello e i muri erano alti. Poteva provare a scavalcarli, ma che cosa sarebbe successo se qualcuno lo avesse visto e preso per un ladruncolo? Se avesse suonato il campanello, avrebbe svegliato il signor Danny. Sipho cominciò a pensare che non gli rimanesse altro da fare che aspettare un po', quando gli venne in mente *Mama* Ada. C'era la possibilità che fosse già alzata e perciò andò a vedere nella sua stanza sul retro.

Infatti *Mama* Ada era sveglia, nonché già lavata e vestita.

— Mi alzo sempre alle cinque la domenica, per andare a trovare i miei figli — disse a Sipho mentre gli apriva la porta sul retro con la sua chiave. — Sai, sento la loro mancanza anche adesso che sono grandi e grossi! È inevitabile per una madre.

Perché gli diceva queste cose? Doveva cercare di non cadere in trappola.

— Ma, *Mama*, allora perché la moglie del signor Danny ha abbandonato i suoi figli?

— *Hawu*, Sipho! È una questione troppo complicata! Il solo pensiero mi fa star male. Ogni volta che vedo Judy e David e penso alla loro madre, mi piange il cuore. Da piccolo, David era un bambino cosí allegro!

Mama Ada non aggiunse altro. Prima di pigiare il pulsante per aprire il cancello, raccomandò a Sipho di fare attenzione e di tornare a casa all'ora che gli aveva detto il signor Danny.

— Qui hai un tetto sulla testa e un pasto caldo assicurato, bambino mio — soggiunse.

Era possibile che *Mama* Ada gli avesse letto nel pensiero? si domandò Sipho, prima di avviarsi con passo spedito lungo il viale alberato, con la mente già rivolta alla miriade di cose che avrebbe fatto insieme ai suoi amici.

Non andò come si era immaginato. Una volta raggiunto il vicolo sul retro della farmacia, non avvertí alcun rumore provenire dal *pozzie*. Quando c'era venuto con Jabu aveva notato che il muro della farmacia, pur essendo piú basso degli altri, lo superava comunque in altezza. Si sollevò, infilando un piede in una breccia nel muro. La banda al completo dormiva ancora della grossa, ammucchiata in un angolo! Non aveva pensato che la domenica il negozio rimaneva chiuso e perciò non era necessario che sgomberassero all'alba. Probabilmente erano andati a dormire soltanto dopo che le fiumane di tiratardi del sabato sera si erano allontanate. Scavalcò il muro e si lasciò cadere dolcemente, mettendosi a sedere in un angolo. Il pavimento di cemento emanava un gran freddo. Con tutti quei palazzoni intorno, i primi raggi di sole non arrivavano a scaldare il cortiletto. Il tempo sembrava non passare mai. Se almeno Jabu si fosse trovato all'esterno del mucchio di *malunde*, Sipho avrebbe potuto cercare di svegliarlo senza disturbare gli altri. Ma Jabu era piazzato proprio in mezzo al mucchio.

Il sole era alto quando la banda si svegliò. Nessuno si mostrò particolarmente sorpreso di vedere Sipho seduto in un cantuccio. Lo stesso Jabu, ancora semiaddormentato, si limitò a salutarlo con un cenno del capo tra gli sbadigli.

— Il tuo nuovo principale ti ha dato il benservito? — volle sapere Joseph.

Dopo che Sipho ebbe spiegato di essere venuto a trovarli soltanto per quel giorno, Joseph perse ogni interesse. Un po' piú tardi, mentre si incamminavano verso la strada principale, Lucas domandò a Sipho qualche informazione circa il signor Danny. C'era posto per un *pozzie* sul retro del negozio e lui era un tipo tranquillo? Sipho gli spiegò che il cortile sul retro del Covo di Danny era del tutto inaccessibile. Quanto al signor Danny, benché lo avesse preso a lavorare da lui, non gli piaceva che i *malunde* ciondolassero fuori dal suo negozio.

La banda si disperse tra un ristorante, un caffè e un take-away. Sipho rimase con loro, a chiedere l'elemosina ai passanti. Non avendo messo niente nello stomaco dalla sera prima, anche lui aveva fame. Ma quando Vusi gli chiese se mangiasse carne arrosto tutti i giorni dal signor Danny, sebbene la sua risposta fosse "no", si sentí improvvisamente in colpa. Al suo ritorno, avrebbe trovato un pasto caldo ad aspettarlo e cibo a volontà. Gli altri, tuttavia, si meravigliarono del fatto che Sipho non avesse un soldo in tasca.

— Dove li nascondi, amico? Mica lavorerai gratis per quel bianco? — Joseph era diffidente e la sua voce roca raggiunse Sipho come una pugnalata.

— Mi dà cibo e vestiti. Niente soldi, per ora. Credo che dovrò aspettare la fine del mese — si giustificò Sipho.

— Be', questa è bella! Non gliel'hai chiesto? Che razza di principale è se nemmeno ti paga? — Joseph scosse il capo e fece una smorfia, come per dire che Sipho era un bugiardo o uno stupido.

— *Ja*, devi farti pagare — si intromise Vusi con aria indifferente. — Tutti devono pagare.

A Sipho non piaceva il modo in cui Vusi lo guardava, ed era contento che ci fosse Lucas.

Piú tardi, la banda decise di andare a Parktown. Il resto della giornata lo avrebbero passato al laghetto dello zoo a chiedere soldi a quelli che si godevano il pomeriggio all'aperto. Poteva anche darsi che riuscissero a intrufolarsi allo zoo. Sipho avrebbe voluto andare con loro, ma erano diretti dalla parte opposta rispetto alla casa del signor Danny e temeva di non riuscire a tornare in orario.

— Quando sei un *malunde* sei libero! — sghignazzò Joseph.

Lui era tentato di seguirli. Non aveva mai visto uno zoo. Sarebbe stato poi cosí grave un lieve ritardo? Ma prima che potesse aprire bocca, Jabu annunciò che sarebbe rimasto a Hillbrow. Al *bhiyo* davano un film che voleva vedere. La maschera dello spettacolo pomeridiano era una sua amica e, a meno che la sala non fosse stata piena, avrebbe permesso a Jabu e Sipho di entrare.

Il film era un susseguirsi di sparatorie e inseguimenti in macchina. L'amica di Jabu li aveva invitati sotto voce ad andare a sedersi in primissima fila. Erano talmente attaccati allo schermo da avere l'impressione di partecipare all'azione. Si aggrappavano ai braccioli mentre la macchina curvava a velocità folle lungo i tornanti di una scoscesa strada di montagna. Ogni volta che si avvicinava pericolosamente al dirupo, stringevano i denti. Alla fine, quando l'auto inseguitrice andò a schiantarsi e prese fuoco, si lasciarono andare a manifestazioni di giubilo insieme al resto della sala.

Al termine della proiezione, uscirono a braccetto. Dalla sfumatura rosata della luce, Sipho giudicò che fosse ora di avviarsi in direzione di casa. Tuttavia esitò: si stava divertendo, qui a Hillbrow.

— Ha ragione Joseph. Quando sei un *malunde* sei libero — disse a Jabu.

Jabu schioccò la lingua. — Joseph parla cosí perché è invidioso di te che dormi al caldo sotto le coperte e con lo stomaco pieno, mentre lui dorme per terra al freddo!

Era la pura verità. Ma era anche vero che lui, Sipho, non era libero. Per quanto gli riuscisse difficile trovare le parole adatte, provò a descrivere a Jabu la famiglia del signor Danny. Benché riconoscesse che stavano cercando di aiutarlo, David gli rendeva la vita difficile. Del resto non avrebbe mai potuto considerarsi uno della famiglia, no? E allora tanto valeva tornare a stare con la banda di *malunde*...

Jabu lo interruppe. Sipho doveva essere ammattito. Ma non si accorgeva che David si comportava in quel modo per costringerlo ad andarsene? Perché mai avrebbe dovuto rinunciare a tutto soltanto per causa sua? Si era forse dimenticato di tutte le cose brutte... il vento gelido della notte... andare alla continua ricerca di denaro e cibo... non sentirsi mai al sicuro e vivere nel continuo terrore di essere aggrediti?

— Nei tuoi panni, io sarei felicissimo di stare con la famiglia del signor Danny — dichiarò Jabu.

Sipho non disse niente. Jabu aveva indubbiamente ragione e quello che aveva detto era molto sensato. Eppure, non riusciva a capire fino in fondo quel che lui stesso provava.

— Be', ora devo andare — disse alla fine.

Fu contento di vedere che Jabu si incamminava al suo fianco. La notte stava calando rapidamente e si aspettava che il suo amico sarebbe tornato indietro, una volta arrivati in fondo a Hillbrow. Invece Jabu proseguí. Erano talmente occupati a chiacchierare, tirando ogni tanto qualche calcio a una lattina lungo la strada, che, prima di rendersene conto, avevano raggiunto il viale dove si trovava la casa del signor Danny. All'improvviso si sentí terribilmente a disagio. Lui sarebbe entrato e Jabu sarebbe rimasto fuori. Era stato divertente passeggiare insieme, ma adesso Jabu avrebbe dovuto fare dietro-front e tornarsene da solo a Hillbrow. Magari poteva farlo entrare, giusto per bere qualcosa? Se ad aprire fosse venuta Judy, era sicuro che non ci sarebbe stato nessun problema. Ma nel pigiare il pulsante del citofono accanto al cancello, notò che l'auto del signor Danny non era in garage. Judy e suo padre dovevano essere andati ad accompagnare Portia a casa.

— Chi è? — la voce di David scaturí bruscamente dal citofono.

— Sono io, Sipho.

Non ci fu risposta ma dopo qualche secondo il cancello di ferro cominciò a schiudersi lentamente. Non era il caso di invitare Jabu a seguirlo. Di sicuro David avrebbe obiettato seccamente che non era autorizzato a lasciare entrare estranei in casa.

Sipho entrò nel vialetto e lui e Jabu si ritrovarono uno di fronte all'altro, mentre il cancello cominciava a richiudersi.

— Eh, questi qui hanno tutte le comodità! — I grandi occhi scuri di Jabu seguirono il movimento. — Sembra spinto da un fantasma! — soggiunse.

Entrambi scoppiarono a ridere. Poi Sipho sentí lo scatto della serratura della porta d'ingresso alle sue spalle. Probabilmente David li stava osservando. Attraverso le sbarre rivolse lo sguardo all'amico chiuso fuori e ne colse l'occhiata in direzione della porta.

— Alla prossima — disse Jabu. — *Sala kahle.*

— Mi farò vivo presto. *Hamba kahle* — rispose Sipho.

Si trattenne qualche secondo a osservare la sagoma dell'amico scivolare via dalla pozza di luce del lampione in un tratto di oscurità. Quindi si voltò in direzione della casa.

16

Accusato!

Le giornate si susseguirono tutte uguali: sei giorni di lavoro al negozio e poche ore di libertà la domenica, da spendere con gli amici. A casa, David continuava a comportarsi come se Sipho non esistesse e si affrettava a chiamare Copper se lo vedeva in sua compagnia. Judy era sempre molto gentile e anche *Mama* Ada si interessava a lui. Era particolarmente compiaciuta, quando lo vedeva studiare con l'aiuto di Judy.

— Fai bene. Devi darci dentro. Cosí potrai diventare qualcuno nella vita — commentava mentre sparecchiava.

Ma il lavoro al Covo di Danny divenne piú pesante e la sua pausa pranzo si ridusse dopo che il signor Danny ebbe una discussione con Maria per via dei suoi ripetuti ritardi. Alla minaccia di una trattenuta sullo stipendio, Maria pretese di riscuotere su due piedi quanto le era dovuto. Si licenziava. Suo fratello le avrebbe procurato un lavoro nel supermercato vicino a casa. E la paga sarebbe stata anche migliore. Il signor Danny poteva tenerselo, il suo lavoro!

— Siete tutti uguali, voialtri! — disse il signor Danny con astio. — Pretendete le cose in cambio di niente. Tu arrivi in ritardo e io dovrei pagarti lo stesso. Poi un bel giorno trovi un lavoro meno faticoso e tanti saluti.

Sipho era in negozio e assistette all'intera scena. Il signor Danny aprí la cassa di fronte alla donna e sbatté sul banco qualche banconota e una manciata di spiccioli.

Nell'incrociare lo sguardo di Sipho, Maria gli rivolse un cenno di saluto con espressione truce. Lamentandosi a voce alta dei padroni che pretendono di sfruttare la gente pagandola una miseria, guadagnò l'uscita a grandi passi. Accorgendosi della presenza silenziosa di Sipho, il signor Danny si volse all'improvviso verso di lui. Il volto ancora in fiamme per la discussione: — Che cosa fai lí impalato? Dovrai pensarci tu a sostituire Maria finché non trovo qualcun altro!

Nel tornare a casa in macchina sembrò un po' piú calmo. Si scusò persino con Sipho per aver perso le staffe.

— Sai, non è facile mandare avanti un'attività. C'è sempre qualche grattacapo.

Qualche giorno piú tardi, il signor Danny constatò che mancava della merce. Erano scomparse alcune paia di jeans e, dato che non erano stati venduti, la spiegazione poteva essere una sola. Il signor Danny interrogò Sipho.

— Non ne so niente, signor Danny — fu tutto quel che seppe rispondere.

Ma quando il signor Danny se ne venne fuori a parlare di *malunde*, cominciò a preoccuparsi.

— Siamo sicuri che in questo momento qualcuno dei tuoi amichetti lí fuori non stia indossando un bel paio di jeans nuovi, eh, Sipho? — Aveva alzato un sopracciglio.

Il signor Danny lo stava forse accusando di aver rubato i jeans per darli ai suoi amici? Sipho era troppo sconvolto per rispondere. Scosse furiosamente il capo. Avvertí un groppo improvviso serrargli la gola. Alla fine riuscí a deglutire e a proferire qualche parola.

— Come potrei, signore?

— In effetti è strano, Sipho... molto strano. Comunque sia, andrò in fondo alla questione e scoprirò il responsabile. Puoi starne certo.

Le parole del signor Danny continuarono ad aleggiare minacciose sulla sua testa per il resto della giornata.

Sipho aveva l'impressione che il padrone non gli staccasse gli occhi di dosso un solo istante. Ogni volta che gli capitava di sbirciare nella sua direzione, immancabilmente ne incrociava lo sguardo. Durante il tragitto verso casa, il signor Danny in genere era loquace. Quella sera invece non disse una parola. *Mama* Ada si accorse che qualcosa non andava non appena aprí la porta. Non ci fu nessun "'Sera Ada!", ma appena un'occhiata torva. Persino Copper sembrò avvertire il malumore del suo padrone, e agitò la coda meno festosamente del solito mentre si strusciava sulle gambe di Sipho.

A tavola, quando Judy chiese che cosa fosse andato storto, suo padre le rispose con tono grave che gli mancava della merce.

— Com'è potuto succedere, papà?

— È quello che mi domando anch'io, Jude... non so proprio come spiegarlo.

Nell'alzare gli occhi dal suo piatto, Sipho sorprese Judy che distoglieva in fretta lo sguardo. E anche senza guardarlo poteva immaginarsi il ghigno beffardo di David.

Subito dopo cena si ritirò in camera sua per sottrarsi all'imbarazzo. Come poteva provare la sua estraneità al furto? Era sicuro che Judy non lo considerava un ladro, ma se suo padre le avesse espresso le proprie perplessità, che cosa avrebbe dovuto pensare? Di nuovo si ritrovò a domandarsi se non fosse meglio tornarsene sulla strada. Ma se si fosse allontanato ora, tutti avrebbero creduto alla sua colpevolezza...

Andò in cucina in cerca di un bicchier d'acqua. *Mama* Ada stava appunto per andarsene, ma si fermò nel vedere Sipho.

— Che cosa sentono le mie orecchie, bambino mio? — disse aggrottando la fronte.

Sipho sperò che i suoi profondi occhi indagatori si accorgessero che stava dicendo la verità mentre le raccontava la sua versione dei fatti. *Mama* Ada emise un sospiro.

— A questo mondo c'è sempre qualche problema. Ma forse il signor Danny ritroverà quello che ha perduto.

Mama Ada aveva ragione. Quando, la mattina dopo, Sipho entrò in cucina per fare colazione, trovò il signor Danny seduto al tavolo con un sorriso sulle labbra. Aveva passato tutta la notte a controllare i registri di vendita e aveva scoperto un errore nella contabilità. Non mancava nessuna partita di jeans! Il quantitativo di merce dell'ultima consegna era ridotto rispetto al suo ordinativo, ma sul registro era stata segnata comunque la partita intera. Il fatto risaliva al giorno in cui Maria se ne era andata.

— Vedi, Sipho, dovevo essere proprio fuori di me! — Si lisciò i baffi con l'indice. — Devo ammettere che stavo cominciando a pensare di essermi completamente sbagliato sul tuo conto. Capita a un sacco di negozianti che i bambini di strada rubino loro la merce.

Sipho era certo che *Mama* Ada stesse ascoltando, mentre scodellava il porridge alle spalle del signor Danny. Dirigendosi verso la tavola con una scodella in ciascuna mano, gli strizzò l'occhio. Sipho cercò di rilassarsi, ma non ci riuscí. Nemmeno la risata argentina di Judy ebbe il potere di scioglierlo.

— Insomma, papà, attento agli scherzi che ti gioca l'età! Ci hai fatto stare tutti in pensiero!

Quindi, rivolgendosi a Sipho, proseguí scherzando: — Papà ha la stoffa dell'autentico detective, non credi?

Benché capisse che Judy stava cercando di rincuorarlo, Sipho trovò difficile stare al gioco. Aveva idea di che cosa significasse essere bollato come un ladro e un attimo dopo fare come se niente fosse perché si era trattato di uno sbaglio?

Quella sera, quando Judy gli chiese se gli andava di leggere qualcosa insieme o di giocare a carte, rispose che era troppo stanco e che sarebbe andato a dormire presto. Dall'espressione della sua faccia capí che ci era rimasta male. Ma aveva bisogno di starsene un po' per conto suo. Durante l'intera giornata, al negozio, il signor Danny aveva fatto di tutto per mostrarsi gentile con lui. A pranzo lo aveva persino spedito a comprare hamburger e patatine per due. Quello di cui adesso aveva bisogno, però, era un po' di tempo per riflettere. L'unica persona con cui aveva voglia di parlare non poteva nemmeno mettere piede al Covo di Danny, figuriamoci in casa.

17

Senza voltarsi indietro

Nell'accendere la luce in camera da letto, la prima cosa che saltò agli occhi di Sipho fu un foglio di carta ripiegato e posato sulla scrivania accanto al letto. In lettere maiuscole spiccava la scritta LADRO. La pila di vecchi libri di testo appartenuti a David, che lui teneva sulla scrivania, era sparita.

Il suo primo impulso fu di strapparlo. La rabbia repressa di fronte alle accuse del signor Danny ora voleva venire fuori. Ma no, non avrebbe strappato quel foglio. Sarebbe andato a sbatterlo sotto il naso degli altri e avrebbe preteso una spiegazione da parte di David di fronte a tutti. Era stufo di sentirsi addosso quello sguardo sprezzante, di essere giudicato feccia e adesso anche ladro.

Stringendo il pezzo di carta in mano, Sipho si precipitò lungo il corridoio, diretto in salotto. La porta era leggermente socchiusa e stava per sospingerla, quando si fermò. Padre e figlia stavano discutendo, e Judy parlava di lui.

— Non è giusto, papà! I ragazzini della sua età dovrebbero andare a scuola! Come me e David!

Il suo tono di voce era risoluto.

— Semmai può dare una mano in negozio *dopo* la scuola e nel week-end — soggiunse.

— Senti, Judy, io non posso mettermi a risolvere i problemi del mondo, e tu nemmeno. Ci sono decine di bambini sulla strada. Tra un po' pretenderai che mi preoccupi di farli andare a scuola tutti!

— No, papà. Io sto parlando di Sipho.

Sipho poteva immaginarsi Judy mentre fissava il padre con i suoi occhi azzurri.

— Dovrebbe ringraziare di avere un lavoro e un tetto sulla testa. Hai dimenticato in che stato era quando lo abbiamo trovato?

Sipho strinse i pugni, stropicciando il foglio. Rimase ad ascoltare il signor Danny mentre raccontava di aver lasciato la scuola all'età di quattordici anni. — Ero poco piú grande di Sipho quando ho cominciato ad avviare un'attività. Non dimenticartelo. A vent'anni avevo già tre fallimenti alle spalle!

— Però almeno hai imparato a leggere e scrivere prima di lasciare la scuola, papà!

— Ascolta, io sto offrendo a quel ragazzo l'opportunità di imparare qualcosa nel campo degli affari. Se vuole riuscire nella vita, avrà gli strumenti per farlo!

— Allora perché non ritiri David da scuola e fai lo stesso con lui?

— C'è una bella differenza! David è mio figlio. Io sto cercando di dare una mano a Sipho. Devi ficcarti in testa che non sono mica un'opera pia!

La stanza piombò nel silenzio. Sipho trattenne il respiro. Che senso aveva entrare, adesso?

— Mia cara Judy, tu puoi anche divertirti a recitare la parte della suora di carità, ma per me Sipho non è che un semplice dipendente...

— Lo paghi forse, papà? — lo interruppe Judy.

— Non è già abbastanza che sia curato e nutrito come non lo è mai stato in vita sua? Piuttosto, se David continua a non accettare la sua presenza qui, bisognerà fare qualcosa.

Sipho non ebbe bisogno di sentire altro. L'amicizia dimostratagli dal signor Danny era tutta una finta. Che senso aveva rimanere in quella casa? Lo avrebbero comunque sbattuto fuori, prima o poi. Tanto valeva che fosse lui ad andarsene. Lasciò cadere a terra il foglio spiegazzato, che atterrò in mezzo al corridoio: la parola "ladro" spiccava attraverso le grinze. Le lacrime gli offuscavano la vista mentre si affrettava a raggiungere l'ingresso. Tirò il catenaccio e girò la maniglia della porta. L'aria fredda gli investí il viso. Era meglio se prima fosse tornato indietro per recuperare il giaccone, ma sentí la voce del signor Danny farsi piú vicina. Lui e la figlia stavano uscendo dal salotto. Non voleva incontrarli, nemmeno Judy. Lei avrebbe insistito perché rimanesse e ci sarebbe stata una scenata. Dopo aver dato un rapido colpetto al pulsante del cancello, scivolò fuori e si richiuse la pesante porta alle spalle. Il cuore gli batteva all'impazzata mentre correva verso il cancello. Copper prese ad abbaiare dietro l'uscio. Gli sarebbe piaciuto salutarlo con un'ultima carezza.

Una volta oltrepassato il cancello, Sipho si immerse nelle ombre della strada. Sopra di lui, le foglie degli alberi si agitavano violentemente. Correva piú forte che poteva, con il vento che lo sferzava attraverso il maglione. L'abbaiare furioso di un cane dietro un alto muro di cinta lo fece scartare di colpo e attraversare di volata la strada. Quando sentí una voce femminile chiamare il suo nome da lontano, gli sembrò che provenisse ormai da un altro mondo. Un attimo dopo, il rombo di una macchina in lontananza lo fece voltare a scrutare nell'oscurità, in direzione dei fari. Era il signor Danny? Stavano venendo a riprenderlo? Ma la macchina lo oltrepassò a tutta velocità e i fanalini di coda scomparvero all'orizzonte. Era di nuovo abbandonato a se stesso.

Non appena svoltò l'angolo, vide qualcosa svolazzare verso di lui. Protese una mano. Era soltanto un sacchetto di plastica spazzato dal vento. L'ultima volta che aveva tirato un vento cosí forte, sua madre era preoccupata che le lamiere del tetto potessero volar via. C'era appena qualche pietra a tenerle ferme. Avevano frugato la casa alla ricerca di qualcosa di pesante da mettere sul tetto, senza trovare nulla. Il suo patrigno era fuori, come al solito. Loro due si erano seduti abbracciati sul letto, ad ascoltare il vento che scuoteva e sbatteva ogni cosa.

Si ricordava persino della storia che sua madre gli aveva raccontato, una storia che narrava di una gara tra il vento e il sole, per dimostrare chi dei due era il piú forte. Nella storia il vento perdeva. Con il vento che infuriava tutt'intorno, Sipho aveva pensato che lei se la fosse inventata per rincuorarlo. Poi, all'improvviso, il vento si era placato e loro erano andati a dormire, la mamma nel suo letto e lui sul suo materasso sul pavimento. Piú tardi però, quando era rientrato il suo patrigno, era stato come essere svegliati da una tromba d'aria che soffiava all'interno della stanza invece che fuori.

Un po' correndo, un po' camminando – ora sospinto dal vento, ora lottando contro di esso – proseguí verso Hillbrow. Chissà che cosa stava facendo sua madre in quel momento? Era seduta sul letto tutta sola, ad ascoltare il vento che flagellava il tetto? E se le lamiere fossero davvero volate via, scaraventando le pietre dappertutto? Che cosa sarebbe successo? E che cosa... Sipho interruppe di colpo i suoi pensieri. Aveva bisogno di tutta la sua concentrazione per attraversare una strada abbastanza grande, con tre corsie per ciascuna direzione di marcia. Una volta dall'altro lato, mentre avanzava controvento, un'immagine gli si disegnò nitida nella mente. E se il nuovo bambino della mamma fosse nato e lei fosse rimasta da sola a badare a lui, mentre la baracca le crollava in testa? Chi l'avrebbe aiutata?

No, non doveva preoccuparsi. Quello non era un problema suo. Piuttosto, doveva darsi da fare per trovare Jabu e gli altri, e un posto dove passare la notte. Non avrebbe potuto scegliere una notte peggiore per andarsene dalla casa del signor Danny. Non aveva cessato un istante di domandarsi se avesse fatto la cosa giusta. Era un po' come la prima volta che era scappato. Qualcosa dentro di lui gli aveva detto di farlo, e Sipho aveva obbedito.

Con un vento simile, le strade che portavano a Hillbrow erano meno affollate del solito. Jabu e gli altri dovevano essersi già sistemati per la notte sul retro della farmacia, stretti l'uno contro l'altro per scaldarsi. L'indomani avrebbe dovuto andare a Rosebank e guadagnare qualche soldo per comprarsi un altro giaccone. Magari Jabu l'avrebbe accompagnato di nuovo.

Nei pressi di Checkers, cercò di individuare la banda di *malunde* che abitualmente accendeva un fuoco sul marciapiede opposto. Ma non c'era nessuno, quella notte. Doveva esserci troppo vento anche per loro. Proseguendo lungo il marciapiede, esaminò ogni persona che incontrava. Due bambini erano raggomitolati davanti all'entrata di un negozio ma nessuno dei due gli era familiare. Vide un paio di adulti avvolti in una coperta, e si spostò in modo da non passare troppo vicino. Quando arrivò all'isolato dove si trovava la farmacia, si diresse verso il vicolo dietro il negozio. Era stato lí soltanto il giorno prima, ma quella notte, con il lampione che ne illuminava a mala pena l'accesso, gli sembrò molto buio, lungo e desolato.

Per raggiungere il *pozzie* bisognava attraversare una serie di altri cortiletti. Mordendosi il labbro inferiore, Sipho si infilò nello stretto passaggio. La puzza di marcio lo indusse a tapparsi il naso. Per sottrarsi a quel fetore si mise a correre ma, non vedendo dove metteva i piedi, urtò contro un ostacolo rischiando di finire per terra. Sforzandosi di abituare la vista all'oscurità, si domandò se non fosse il caso di chiamare i suoi amici ad alta voce. Se la banda era ancora sveglia, avrebbe sentito le loro voci e, con un po' di fortuna, avrebbe potuto avvistare il bagliore di un fuoco. Ma tutto era avvolto nel buio e nel silenzio. Non potevano già essersi addormentati! A tastoni percorse il perimetro del muro di cinta del cortile, cercando il punto in cui era leggermente piú basso. Chiamò piano: — Jabu? Lucas? Joseph?

Non sentí alcuna risposta, né il crepitio del fuoco. Prese rapidamente a scandagliare la parete di mattoni in cerca della breccia che gli sarebbe servita come punto d'appoggio per il piede, e quando la trovò si tirò su e sbirciò oltre il muro. Malgrado l'oscurità, poté constatare che il cortile era deserto.

Rimase aggrappato per qualche attimo, indeciso sul da farsi. Scavalcare il muretto e aspettare gli altri, nella speranza che si facessero vivi? Sarebbe morto di freddo e di paura a starsene lí tutto solo. E se fossero ritornati al vecchio *pozzie*? Arrivarci avrebbe voluto dire costeggiare il parco dei gangster *tsotsi*. Non era una bella prospettiva. Magari avrebbe gironzolato un po' per Hillbrow e se laggiú non avesse trovato i suoi amici, piú tardi sarebbe tornato al cortile.

Stava per scendere dal muretto, quando all'improvviso avvertí una presenza nel vicolo. La fiamma vacillante di un cerino illuminò per una frazione di secondo la figura di un omone curvo verso di lui, con in mano un oggetto scintillante.

— Ehi, tu, vieni qui!

Sipho saltò giú e cominciò a correre.

18

Nascosto in un bidone della spazzatura

Schizzando fuori dal vicolo, Sipho si diresse a gambe levate verso la strada principale illuminata, gettandosi un'occhiata alle spalle dopo aver svoltato l'angolo. Con terrore constatò che la figura lo stava inseguendo. Si trattava di un uomo robusto, con in mano un collo di bottiglia. Piú avanti, sul marciapiede, un uomo e una donna che si tenevano per mano si fecero rapidamente da parte. Sipho colse il loro sguardo sgomento. Non c'era tempo per fermarsi a chiedere aiuto. E comunque chi lo avrebbe aiutato?

Stava avvicinandosi al centro commerciale. Di giorno pullulava di bancarelle e commercianti, ma adesso l'interno era buio, vuoto e silenzioso. Dove mai avrebbe potuto nascondersi? Senza nemmeno pensarci, scese le scale a precipizio e si nascose dietro un bidone della spazzatura. Dopo pochi secondi sentí arrestarsi il pesante scalpiccio dell'inseguitore. L'uomo si era fermato. Se avesse sceso le scale, Sipho sarebbe stato spacciato.

— Vieni fuori, piccolo delinquente! Restituiscimi quello che mi devi!

L'uomo era a corto di fiato e le sue parole suonavano stridule. Doveva aver preso Sipho per qualcun altro! Schiacciandosi contro il cemento gelido, chiuse gli occhi e pregò.

Passi sopra la sua testa. L'uomo stava salendo le scale ma non ci avrebbe messo molto a scendere di nuovo. Se adesso Sipho fosse schizzato fuori, lo avrebbe sicuramente visto. C'era una sola via d'uscita possibile. Il bidone accanto a lui. Tirandosi su, sollevò cautamente il coperchio. Faceva troppo buio per vedere all'interno, ma aiutandosi con la mano poté verificare che non era pieno. Stringendo i denti, sollevò una gamba e la fece scivolare dentro. Avvertí qualcosa spiaccicarsi sotto il piede. Dopo aver infilato anche l'altra gamba, si rannicchiò il piú possibile e lentamente richiuse il coperchio. Si portò una mano alla bocca per frenare i conati di vomito.

Acquattato nel bidone, drizzò le orecchie per captare i suoni provenienti dall'esterno. Per un po' tutto sembrò tacere. Matthew e Thabo gli avevano raccontato di avere dormito nei bidoni della spazzatura. Si ricordò di essere scoppiato a ridere quando gli avevano detto che a volte la gente gettava i rifiuti sopra il coperchio chiuso.

I passi tornarono indietro, accompagnati da urla e imprecazioni. La voce sembrava stesse girando attorno alle scale e al bidone. Rinfacciava al ragazzo di avere tagliato la corda con la sua merce. Di colpo Sipho capí che probabilmente l'uomo era uno spacciatore e lo aveva confuso con uno dei ragazzini di cui si serviva. Il che significava che era in un grosso guaio.

Quando fuori si ristabilí la quiete, Sipho era ancora intrappolato. L'uomo se n'era andato o no? Magari se ne stava seduto in silenzio in fondo alle scale. Era troppo pericoloso sollevare il coperchio. Fortunatamente non chiudeva bene e lasciava filtrare un filo d'aria. Tuttavia la posizione in cui si trovava era scomoda ed era intirizzito dal freddo. Non poteva fare altro che rimanersene lí. A ogni modo, quale alternativa avrebbe avuto? Ripensò al suo bel letto caldo e vuoto a casa del signor Danny. E alla parola LADRO che lo fissava dalla scrivania. Gli risuonò nelle orecchie la voce del signor Danny: — Dovrebbe ringraziare di avere un lavoro e un tetto sulla testa... — Judy aveva fatto di tutto per dimostrarsi disponibile. Ma era molto difficile. Si immaginò *Mama* Ada che scuoteva la testa, commentando quanto fosse stato stupido da parte sua andarsene via. Nemmeno le persone che volevano aiutarlo capivano quello che provava. L'unico amico su cui poteva realmente contare era Jabu...

Tanti furono i pensieri che affollarono la mente di Sipho, quella notte, che non si rese conto del momento in cui scivolò nel sonno e cominciò a sognare. A un certo punto, mentre fuggiva terrorizzato da un inseguitore dal volto indistinto, finí lungo disteso per terra. Un oggetto acuminato stava per colpirlo ma all'improvviso si trasformò in un corno e lui si ritrovò a guardare fisso negli occhi il suo piccolo rinoceronte! L'animale lo stava aiutando a rimettersi in piedi, sospingendolo delicatamente con il corno, quando un'altra figura armata sorse alle loro spalle. Proprio nell'attimo in cui Sipho cercava di montargli sul dorso, il rinoceronte scomparve e al suo posto si materializzò un rombante *gumba-gumba*. Era in trappola...

Non appena i primi raggi di luce filtrarono nel bidone attraverso una fessura, Sipho si decise a sollevare il coperchio. Era talmente indolenzito che riuscí a mala pena a mettersi in piedi. Si mosse con estrema cautela. Una volta fuori dal bidone, non vide traccia del suo inseguitore. Mentre si trascinava a fatica in direzione di Checkers, non abbassò la guardia un solo istante.

Se fosse rimasto nei paraggi di Checkers, prima o poi qualcuno della banda sarebbe sicuramente passato di lí. Fu il primo *malunde* ad arrivare al supermercato e si sedette fuori ad aspettare. Non appena le porte si aprirono scattò in piedi, pronto a spingere *amatrolley*. Non era in grado di stabilire con certezza se i crampi che gli attanagliavano lo stomaco fossero un residuo della paura o semplice fame, comunque a metà mattinata aveva raggranellato denaro a sufficienza per comprarsi un po' di pane e latte. Altri *malunde* si avvicendarono, ma nessuno della sua banda.

Era ormai mezzogiorno passato e Sipho stava cominciando a chiedersi se non fosse il caso di mettersi alla ricerca dei suoi amici, quando scorse Joseph attraversare la strada. Dava l'impressione di essere leggermente malfermo sulle gambe e teneva la mano in tasca. Sipho notò il consueto rigonfiamento.

— Ehi, il tuo capo ti sta chiamando! Sento la sua voce qui. — Joseph si indicò l'orecchio. — Dice di sbrigarti! — Aggiunse con un ghigno.

Sipho fece spallucce e sorrise. Joseph poteva prenderlo in giro quanto voleva. Cominciava a capire le sue ragioni.

Gli domandò dove aveva passato la notte la banda e Joseph rispose che erano tornati al vecchio *pozzie*. Ma quando Sipho gli chiese notizie di Jabu, Joseph si rabbuiò. In principio, si limitò a dire che Jabu se ne era andato.

— E dove? — domandò Sipho, sconvolto.

Alla fine, Joseph vuotò il sacco. Jabu aveva lasciato la banda per entrare in un centro di accoglienza per bambini di strada. I *malunde* che andavano a stare lí dovevano promettere di non fumare *iglue* e di rispettare una serie di regole. Inoltre avevano l'obbligo di frequentare la scuola.

— Io ci ho provato, una volta — commentò Joseph. — Ma chi sono quelli, per vietarmi di fumare *iglue*?

Sipho volle sapere perché nessuno della banda aveva mai parlato di quel posto prima di allora.

— Noi vogliamo essere liberi! — fu la risposta di Joseph.

— Dov'è questo centro? — chiese Sipho. — Voglio andare a trovare Jabu.

Infine Joseph glielo disse. Si trovava dall'altra parte di Hillbrow e Sipho allungò leggermente il percorso per evitare di passare davanti al Covo di Danny. Arrivato nel posto indicato da Joseph, si trovò di fronte a un edificio lontano dalla strada, con i muri completamente ricoperti di immagini di bambini vivacemente dipinte. Le parole CASA THEMBA campeggiavano in cima. Era davvero una Casa della Speranza? I bambini del murale avevano un'espressione felice, ma non erano reali. L'unico accesso visibile sembrava sbarrato.

Sipho provò a spingere il cancello principale, ma anche questo era chiuso. Prese a scrollarlo, ma non si vedeva anima viva. Quando dal palazzo accanto spuntò un tipo con indosso un'uniforme marrone e un berretto da guardiano, Sipho era pronto a battersela, ma l'uomo gli fece segno con la mano di fare il giro dell'edificio.

Spinse nervosamente il cancello sul retro della costruzione. Mentre si dirigeva verso l'edificio principale, passò accanto a dei gabinetti da cui usciva un forte odore di disinfettante. Tutto era tranquillo. D'un tratto gli venne in mente quello che gli aveva detto Joseph. A quell'ora tutti i bambini, compreso Jabu, dovevano essere a scuola! Improvvisamente ripensò al significato della frase di Joseph: «Noi vogliamo essere liberi!» Lí avrebbero voluto conoscere la sua storia. Gli avrebbero chiesto come mai non era a scuola e gli avrebbero fatto domande sulla sua famiglia... E dopo che cosa sarebbe successo? Doveva andarsene, e al piú presto. Se avesse aspettato fuori, avrebbe potuto vedere Jabu al suo rientro. Sipho ripercorse la via verso l'uscita.

— *Sawubona, mfana*! Come stai, figliolo?

La voce aveva un tono soave e cordiale e sembrava attendere una risposta. Poteva far finta di niente? Sipho si voltò e vide una donna dall'aspetto gentile. I suoi occhi scuri si sarebbero detti premurosi, invece che indagatori. Il colorito delle sue guance era caldo e luminoso come quello che aveva sua madre prima di ammalarsi.

— *Sawubona, Mama*. Bene, grazie — rispose Sipho con una vocina sottile.

19

Piangere fa bene

— Ti andrebbe una tazza di tè?

Di fronte alla titubanza di Sipho, la donna si aprí in un sorriso. — Non ti mangiamo mica, là dentro! I bambini mi chiamano sorella Pauline. Lavoro qui come educatrice.

Era talmente gentile che Sipho finí per accettare. Quando la donna gli chiese come si chiamava, le disse il suo nome.

— Ora c'è calma perché i bambini sono tutti a scuola — spiegò a Sipho che la seguí all'interno dell'edificio.

Una volta dentro, si guardò in giro mentre sorella Pauline metteva a bollire l'acqua. Tranne un angolo adibito a cucina e un paio di stanzette che si aprivano di fronte, l'interno consisteva in un enorme stanzone con letti a castello di metallo, schierati su entrambi i lati. Ogni letto aveva coperte e lenzuola, e accanto c'erano piccoli armadi di ferro chiusi da un lucchetto. Chi teneva le chiavi? si domandò Sipho. I bambini temevano forse di essere derubati dai propri compagni? Notò che alcune finestre erano rotte. Oltre ai letti e agli armadi non c'era altro nella stanza, se si escludevano un televisore e qualche tavolino corredato di sedie.

Sorella Pauline sembrò indovinare i pensieri di Sipho.

— La gente a volte tenta di entrare qui dentro con la forza. Perciò mettiamo tutto quello che possiamo sotto chiave. Si portano via anche i materassi. È un bel problema per noi!

Posò su un tavolo una tazza di tè, un piattino con del pane imburrato e un vasetto di marmellata. — Serviti pure, Sipho! — disse, sedendosi accanto a lui.

Aspettò che bevesse il suo tè e mangiasse un pezzo di pane, prima di domandargli se era venuto alla casa in cerca di un posto dove stare. Senza quasi pensarci, Sipho scosse la testa.

— Stavo solo cercando un amico. Si chiama Jabu — disse.

Sorella Pauline annuí. — Oh, certo. È arrivato la settimana scorsa. Come siete diventati amici?

Il suo tono non era certo quello di una maestra che cerca di coglierti in fallo. Sipho si rilassò e cominciò a parlarle della sua amicizia con Jabu. Le raccontò della banda e di come fosse rimasto con loro finché non erano stati aggrediti e gettati nel lago. Poco alla volta, rispondendo alle domande di sorella Pauline, arrivò a parlare di se stesso. Prima ancora di rendersene conto, le aveva raccontato del signor Danny e della sua fuga... nonché dell'uomo che lo aveva rincorso e della notte passata in un bidone della spazzatura.

Per tutto il tempo sorella Pauline continuò ad assentire con aria solidale. E quando Sipho ebbe finito, ripeté la domanda iniziale. Voleva rimanere al centro? Questa volta lui non scosse automaticamente la testa. Che cosa avrebbe dovuto rispondere? Sorella Pauline notò la sua incertezza.

— Mi sembra che tu abbia bisogno di un posto sicuro dove stare — disse. — Ma se decidi di fermarti qui, ci sono alcune cose che dobbiamo sapere: da dove vieni e perché sei scappato di casa.

La sua voce aveva sempre il medesimo tono pacato. Non sembrava volerlo accusare o minacciare, eppure Sipho fu preso dal panico. Sorella Pauline dovette leggerglielo negli occhi.

— Non ti preoccupare — lo rassicurò. — Nessuno ti costringerà a tornare dalla tua famiglia, se lí le cose vanno male, ma dobbiamo scoprire che cosa è veramente successo.

Sipho afferrò soltanto in parte il seguito del discorso di sorella Pauline. Parlò di "equivoci". Di come alcuni bambini scappano di casa credendo che nessuno li ami. Disse qualcosa a proposito di genitori "sotto pressione". Sorella Pauline ripeteva spesso la parola "pressione". A volte, aggiunse, succedeva che i bambini ritornassero alle loro famiglie. A queste parole Sipho provò una stretta al cuore. Affondò la testa tra le braccia incrociate sul tavolo. No, no, Non voleva pensarci.

Poi avvertí il braccio di sorella Pauline sulle spalle. Gli parlò in tono estremamente calmo.

— Hai una madre, Sipho? È viva?

Sipho riuscí soltanto a fare segno di sí. La domanda successiva, però, fu troppo per lui.

— Credi che senta la tua mancanza?

Un profondo singhiozzo lo scosse, seguito da un secondo e da un terzo.

Non si rese conto di quanto tempo andò avanti a piangere, ma il braccio di sorella Pauline sulle sue spalle gli era di conforto. Una volta cessati i singhiozzi, la donna si alzò per andare nel cucinotto a prendergli dei fazzoletti di carta. Attraverso la porta aperta vide un letto e capí che anche gli educatori dovevano dormire al centro.

— Piangere fa bene — lo consolò sorella Pauline. — Quando piangi, capisci quello che hai in fondo al cuore.

Disse che Sipho poteva fermarsi a dormire lí per quella notte. Ma l'indomani avrebbe dovuto raccontare la sua storia per intero, in modo che potessero decidere il da farsi. Lui si asciugò gli occhi con la manica. Aveva un bisogno estremo di parlare con Jabu. Tornò ad abbandonare il braccio e il capo sul tavolo. Dopo aver tolto la tazza e il piattino dal tavolo, sorella Pauline lo lasciò da solo.

La pace che regnava nella casa fu interrotta all'improvviso dalle voci di uno stuolo di ragazzi. Sipho si svegliò di soprassalto. Jabu era tra loro e indossava una fiammante maglia rossa invece della solita felpa grigia. Nel vedere Sipho, si avvicinò quasi a passo di danza.

— *Heyta*, Sipho! Sei proprio tu?

Un paio di ragazzini sembrarono incuriositi, ma gli altri per lo piú si affaccendarono intorno ai letti o andarono in cucina.

— Qualcosa non va, *buti*? — I grandi occhi maliziosi di Jabu avevano uno sguardo interrogativo. Sipho si domandò se l'altro si fosse accorto che aveva pianto.

— Sono venuto a cercarti la notte scorsa — disse, eludendo la domanda. — Joseph mi ha detto che ti avrei trovato qui.

— Vieni. Andiamo fuori — disse Jabu prendendolo a braccetto.

Raggiunsero il fianco dell'edificio e si sedettero su un lastrone di cemento. Di fronte incombeva un alto caseggiato che gettava su di loro la sua lunga ombra.

— Hai conosciuto fratello Zack... il direttore? — gli chiese Jabu. Sipho scrollò la testa.

— È uno in gamba. È gentile.

Jabu proseguí. Si era stancato di vivere per strada, disse. Non c'era futuro a vivere cosí. Quando aveva incontrato sorella Pauline, lei gli aveva parlato della casa e della scuola. Joseph, naturalmente, aveva cercato di scoraggiarlo, ma lui aveva deciso di tentare.

— Sono sicuro di aver fatto la cosa giusta.

Ma non avrebbero finito per rispedirlo da sua madre, se l'avessero trovata? domandò Sipho.

— Loro dicono che non mi rimanderanno da lei, se prima la gente di laggiú non smetterà di farsi la guerra. Ma cercheranno comunque mia madre e le faranno sapere che sto bene.

— E tuo zio?

— Ho detto chiaro e tondo che non tornerò mai e poi mai da lui.

Sipho non lo aveva mai sentito parlare con tanta convinzione.

— Però nel mio caso è diverso — prese a dire Sipho. — Mia madre... sta in pena per me... ne sono sicuro. — Cercava di sforzarsi di esprimere il suo pensiero. — È il mio patrigno che mi picchia... e mia madre... non può farci nulla.

Fece una pausa e Jabu rimase in silenzio.

— E se mia madre mi rivuole a casa? Mi obbligheranno a tornare da lei? — Persino Jabu, che aveva sempre qualcosa da dire, tacque.

20

Affrontare le domande

Non fosse stato cosí stanco per la nottata trascorsa nel bidone della spazzatura, Sipho non avrebbe chiuso occhio per l'ansia di dover rispondere alle domande, l'indomani mattina. Un altro educatore, fratello Elias, lo aveva fatto sistemare nel letto sopra quello di Jabu. Era la prima volta che dormiva cosí in alto e aveva paura di cadere durante il sonno. Per un po' rimase rannicchiato sotto le coperte, conscio della novità del letto e dello stanzone buio pieno di altri *malunde*. Si era lasciato talmente assorbire dai propri problemi che non aveva ancora parlato con nessuno di loro, nemmeno quando si erano seduti tutti insieme per cenare. Era confortante il pensiero di avere Jabu sotto di sé. Dopo che fratello Elias ebbe spento la luce, nella stanza scese il silenzio. Dall'esterno proveniva il rombo costante del traffico e un bagliore soprannaturale illuminava le finestre, prive di tende. Uno spiffero d'aria fredda soffiava attraverso un vetro rotto accanto al suo letto. Sipho si avvolse ancora piú strettamente la coperta attorno al corpo e non ci mise molto prima di piombare in un sonno pesante.

Il mattino dopo, mentre Jabu e gli altri andavano a scuola, rimase ad attendere il direttore in compagnia di sorella Pauline. Era nervoso e ancora non sapeva bene come comportarsi, quando fratello Zack fece il suo ingresso. Li salutò con un ampio sorriso. Alto e slanciato, aveva piú o meno la stessa corporatura ed età del patrigno di Sipho, ma la sua voce non avrebbe potuto essere piú diversa. Come sorella Pauline, aveva un modo di parlare pacato e amichevole. Seduto al tavolo di fronte a loro, Sipho si sforzò di guardare tutti e due negli occhi prima di prendere una decisione.

Sí, si sarebbe fidato di loro. Avrebbe detto tutta la verità e lasciato che andassero da sua madre a dirle che stava bene. Cosí avrebbe potuto sapere a sua volta come stava lei... se il bambino era nato... e se aveva un fratellino o una sorellina. Ma avrebbero dovuto anche spiegarle che lui non poteva tornare a vivere con il patrigno. Se lo avessero obbligato, sarebbe scappato di nuovo.

Una volta presa la decisione, Sipho rispose a tutte le domande. Raccontò persino dei soldi sottratti dal borsellino della madre. Allora era talmente arrabbiato che non gli importava se sua madre sarebbe stata in pensiero per la sua scomparsa. Adesso si rendeva conto che lei non poteva niente contro il suo patrigno. Non era colpa sua... e Sipho voleva chiederle scusa. A lei sí, ma mai e poi mai a "lui".

— Sono molto fiera di te, Sipho. Non è facile parlare di queste cose.

Le congratulazioni di sorella Pauline lo riempirono di gioia. Fratello Zack gli spiegò che sarebbe andato a trovare sua madre. Capiva perfettamente l'atteggiamento di Sipho nei confronti del patrigno. Gli promise che non sarebbe stata presa nessuna decisione finché non avessero avuto il quadro completo della situazione. A volte succedeva che le persone e le circostanze cambiassero. Per alcuni bambini era possibile tornare a casa, per altri no. Nel frattempo, Sipho era il benvenuto nel centro, a patto che rispettasse le regole.

— Hai mai fatto uso di *iglue*? — gli chiese fratello Zack.

— No, signore...

La risposta gli uscí di getto. Poi esitò. Come poteva mentire?

— Soltanto una volta o due, signore... quando faceva molto freddo. — Fratello Zack si accigliò lievemente ma non sembrò arrabbiarsi.

— Be', qui non è permesso. Tutti i bambini che stanno qui lo sanno. E naturalmente dovrai andare a scuola.

In principio Sipho avrebbe frequentato la scuola del centro. Lí gli insegnanti lo avrebbero aiutato a rimettersi in carreggiata finché non fosse stato pronto ad andare in un'altra scuola. Sipho non disse nulla. Aveva detestato la scuola della *township*. Ogni volta che non capiva quello che spiegava la maestra, erano guai. Dato che la sua paura maggiore era quella di essere rispedito a casa, non aveva pensato a chiedere a Jabu informazioni sulla scuola.

C'era anche qualcos'altro che lo preoccupava, però.

— Vuoi che informiamo il signor Danny che sei qui con noi? Potrebbe essere in pensiero per te. — Sorella Pauline aveva usato un tono molto naturale.

— No, invece. Non gliene importa nulla.

Parlò con precipitazione, in un improvviso impeto di rabbia.

— Come fai a esserne sicuro, Sipho? Non tutti mostrano sempre i loro veri sentimenti. Magari gli facciamo soltanto sapere che stai bene. Non c'è bisogno che tu lo veda.

Sipho alzò le spalle, come rassegnato. Che informassero pure il signor Danny, se volevano. Tanto non sarebbe mai tornato da lui. Almeno cosí anche Judy avrebbe saputo qualcosa. Probabilmente a lei e a *Mama* Ada avrebbe fatto piacere avere sue notizie.

Una volta concluso il colloquio, sorella Pauline aiutò Sipho a scegliersi dei vestiti da un armadio e gli indicò una tinozza di metallo e del sapone per il bucato. Gli fece anche vedere un ferro e una tavola da stiro che Sipho non aveva ancora notato.

— Qui ognuno deve lavarsi e stirarsi i vestiti da sé. Anche i vestiti vecchi sembrano belli, se sono tenuti in ordine — disse con occhi sorridenti.

Piú tardi, chino sulla tinozza a sfregare i suoi jeans sporchi, Sipho pensò a Gogo e a sua madre occupate a fare quello che stava facendo lui in quel momento. Mani e braccia insaponate, la fronte imperlata di sudore. Avevano sempre fatto il bucato per lui. Anche a casa del signor Danny era stata *Mama* Ada a lavargli i vestiti. Quella era la prima volta che ci pensava lui. Mentre stendeva i panni a sgocciolare, si sentí fiero del suo lavoro. Che cosa avrebbe detto la mamma, se l'avesse visto adesso?

Come il giorno prima, a metà pomeriggio la quiete del centro si dissolse con il ritorno di Jabu e degli altri ragazzi da scuola. Stavolta, però, Sipho ne approfittò. Riconobbe diverse facce che aveva già visto in sala giochi. Alcuni bambini erano piú piccoli di lui e altri sembravano molto piú grandi. Quello era il gruppo che frequentava la scuola del centro, gli spiegò Jabu. I ragazzi che rientrarono un po' piú tardi, con indosso pantaloni grigi e giacche marroni o nere, andavano invece nelle scuole della città o a Soweto.

Un ragazzo dai capelli cortissimi chiamò Jabu per nome. — Il tuo amico vuole giocare?

In mano aveva un mazzo di carte. Sipho si domandò se avesse dovuto rasarsi i capelli per lo stesso motivo di Joseph. Lui e Jabu si unirono agli altri giocatori. Alle loro spalle, la televisione andava a tutto volume. Sipho girò la sedia di lato in modo da poter gettare ogni tanto un'occhiata allo schermo. Dei ragazzi stavano giocando a pallone in mezzo allo stanzone e un paio dei piú grandi si erano procurati una scrivania sistemando i tavoli tra i letti. In qualche modo riuscivano a fare i compiti in mezzo a tutta quella baraonda. La sera prima sorella Pauline e fratello Elias avevano insistito perché dopo mangiato si facesse silenzio in modo che ognuno potesse dedicarsi ai propri compiti. Quegli studenti dovevano avere un sacco di compiti da fare, se non era sufficiente il tempo a disposizione dopo cena.

— Le maestre vi sgridano in questa scuola? — chiese Sipho mentre Jabu distribuiva le carte.

Il ragazzo dai capelli quasi a zero rispose per primo: — Oggi il signor Peters mi ha sgridato perché guardavo fuori dalla finestra invece di stare attento.

— Però ti aiutano di piú. Non ci sono tanti bambini, in classe — disse Jabu.

La mattina dopo Sipho fu fatto salire insieme ad altri bambini in un pulmino che li portò in una vecchia casa nella vicina periferia. Non c'era alcun segno esteriore a indicare che si trattasse di una scuola. Fratello Elias lo accompagnò nell'ufficio del preside, un ometto dagli occhi vivaci che strinse la mano a Sipho, prima di farlo accomodare. — Io sono il signor Masango. Non so perché, ma tutti mi chiamano "il signor M"! Haha!

Ridacchiò tra sé e sé, come se si trattasse di una battuta speciale, prima di cominciare con le domande. Sipho era già stato a scuola? E dove? Quali classi aveva frequentato? Qual era la sua materia preferita? A ogni domanda lui sentiva lo stomaco stringersi sempre piú e la voce farsi sempre piú fievole e sottile. Non poteva confessare al preside di non avere nessuna "materia preferita". O che andare a scuola per lui significava essere picchiato e sentirsi chiamare "stupido". Poi a un certo punto il signor M balzò in piedi e disse a Sipho di seguirlo. Era come cercare di inseguire una lepre! Il signor M si lanciò su per una rampa di scale, con il ragazzo che si affannava a tenergli dietro.

Dopo aver spalancato una porta, il preside lo invitò a entrare. A occhi bassi, Sipho fece il suo ingresso nella stanza.

— Maestra Lindi, le presento un nuovo studente. Il suo nome è Sipho e sono certo che diventerà un campione!

Scoppiò in una risata, ma non sembrava di scherno.
— Ciao, Sipho. Conosci già qualcuno in questa classe? — chiese la maestra.
La sua voce era decisa ma benevola. Sipho alzò lo sguardo e vide Jabu! La classe era composta da quattro studenti in tutto. Nella sua classe di prima erano in settanta!
— Sí, signora maestra. Lui è un mio amico — rispose in un sussurro, indicando Jabu.
— Allora puoi andare a sederti di fianco a lui. Basta che stiate attenti e non passiate l'intera giornata a chiacchierare!
— Oh, sono certo che faranno i bravi, maestra Lindi! — disse il signor M. — Sono sicuro che tutti voi ci darete dentro e diventerete dei campioni!
Altri sorrisi e risatine accompagnarono la sua uscita dalla classe. Che razza di scuola era mai questa? si chiese Sipho.

21

Cenere e macerie

La scuola del centro riservò parecchie novità e stranezze a Sipho. Per esempio, le lezioni di "recitazione", nelle quali la maestra Lindi gli chiedeva di interpretare un personaggio che soffriva di solitudine e di rappresentare una scena con gli altri ragazzi. Oppure il fatto che un insegnante si mettesse a sedere al suo fianco e lo ascoltasse quando aveva qualche problema con i compiti. O il maestro Joe, un bianco dai lunghi capelli rossi pettinati a coda di cavallo. La sua faccia rosea era punteggiata di macchioline nocciola e indossava camicie sgargianti. Alla fine della prima lezione di arte, il maestro Joe fece i complimenti a Sipho per il disegno che aveva fatto.

— Mi piace il modo in cui usi i colori, Sipho: decisi e vivaci. Molto bene!

Ma Sipho era diffidente. Il maestro Joe sembrava gentile, ma lo stesso effetto gli aveva fatto il signor Danny, all'inizio.

Ben presto Sipho cominciò ad apprezzare diverse lezioni. Persino quelle di matematica e di inglese non erano poi tanto male. A volte, infatti, le materie si sovrapponevano. In particolare, gli piacque il lavoro che fecero per la Giornata della Pace, dopo che la maestra Lindi ne ebbe spiegato il significato. Servendosi di una macchina da cucire, confezionarono uno striscione. Prima disegnarono la parola PACE su una stoffa blu e dopo aver ritagliato le lettere, le cucirono su un lungo pezzo di stoffa bianca. Sipho ebbe il compito di disegnare una colomba sopra la scritta. Inoltre, bisognava imparare alcune canzoni. Certe parole erano difficili, ma altre esprimevano concetti molto chiari:

"Sorella, fratello
mamma, papà
smettete di uccidervi tra di voi.
Che la Pace sia nel nostro Paese."

La maestra Lindi si uní a loro nel canto. Le sue treccioline scure, raccolte sulla nuca in un grosso grappolo, danzavano al suono della musica. La domenica seguente, migliaia di bambini si sarebbero dati la mano per formare un enorme cerchio intorno al centro della città e avrebbero cantato la Canzone della Pace. Poi avrebbero raggiunto in autobus un luogo dove era stato organizzato un grande raduno per bambini.

— Per tutti i bambini, maestra? — domandò Jabu.

— Vuoi dire bianchi e neri?

Lui annuí.

— Certo — rispose la maestra Lindi. — La canzone dice: "Dimentichiamo le differenze e viviamo in armonia." Questo significa che dobbiamo imparare a convivere tutti insieme pacificamente.

Giusto, pensò Sipho. Ma chi mai avrebbe dato ascolto a dei bambini che cantavano una canzone?

Tra tutte le lezioni, Sipho attendeva con impazienza quella di arte. Il maestro Joe li aveva invitati a descrivere con un disegno un momento in cui erano stati molto tristi o felici o spaventati o qualsiasi altro sentimento avessero provato. Diceva che da un disegno si potevano capire i sentimenti di una persona senza bisogno di parole. Per prima cosa Sipho ritrasse se stesso nascosto nel bidone della spazzatura e sopra di lui l'uomo con in mano la bottiglia rotta. Disegnò se stesso piccolo piccolo e l'uomo grande grande. Poi fece un disegno in cui giocava con il suo cucciolo nel cortile di Gogo, la coda del cagnolino dritta in aria. Poi raffigurò la banda mentre mangiava le salsicce di Vusi intorno al fuoco del *pozzie*.

Quando Jabu vide il disegno, scoppiò a ridere per il modo in cui Sipho aveva rappresentato ciascun *malunde* con un grosso stomaco tondeggiante, per sottolineare quanto si godessero il loro pasto! Un altro disegno mostrava i *malunde* pigiati nel retro di un *gumba-gumba*. Dei trattini neri rappresentavano le lacrime che scendevano dai loro occhi.

C'erano però due cose che Sipho aveva difficoltà a disegnare. La prima era sua madre: tutto ciò che la riguardava lo turbava ancora troppo. E l'altra aveva a che fare con il signor Danny. I sentimenti di Sipho verso di lui e la sua famiglia erano contraddittori, confusi. Infine il maestro Joe lo aiutò con un suggerimento.

— Se non sai come fare, smetti di pensarci sopra. Lascia la mano libera di disegnare quello che viene. Lei saprà che cosa fare!

Nel porgere a Sipho un grande foglio di carta, lo invitò a buttare giú tutte le idee e le immagini che gli venivano in mente.

Sipho cominciò a disegnare sul lato del foglio in alto a sinistra e aggiunse via via altri disegni lungo la cornice, lasciando però vuoto il centro. Disegnò se stesso al calduccio sotto le coperte, Copper che strofinava il muso contro la sua mano, di nuovo se stesso impegnato a giocare a carte con Judy e Portia, *Mama* Ada che portava un vassoio con un pollo sfrigolante. Poi tratteggiò un uomo alto con i baffi, che puntava il dito verso una figurina con in mano una ramazza. In un altro disegno si vedeva il signor Danny indicare un grosso orologio e Sipho occupato a mostrare magliette ai passanti. Le tasche rivoltate dei pantaloni significavano che non aveva un soldo. Un altro disegno ancora ritraeva due bambini uno di fronte all'altro. Dagli occhi del bambino David scaturivano saette ostili e dalla bocca usciva la parola LADRO.

Quando il foglio fu completamente riempito, a eccezione dello spazio nel mezzo, Sipho seppe improvvisamente che cosa fare. Prima tratteggiò le sbarre di un grande cancello. Da una parte disegnò una casa e dall'altra una lunga strada. Poi disegnò due bambini che si guardavano, ciascuno da una parte del cancello. I loro occhi erano grandi e tristi. Sotto il bambino accanto alla casa scrisse SIPHO e sotto l'altro JABU. Il maestro Joe venne a dare un'occhiata.

— Mmmmm — disse esaminando a lungo il disegno. — Hai detto un sacco di cose, Sipho. Ottimo lavoro.

Un paio di settimane dopo il suo arrivo al centro, Sipho fu mandato a chiamare da fratello Zack. Le rughe che gli solcavano la fronte sembravano piú profonde del solito e aveva uno sguardo grave. Si era messo sulle tracce della madre di Sipho, seguendo le indicazioni che lui stesso gli aveva fornito. Ma invece delle file di baracche descritte da Sipho, aveva trovato un largo spiazzo di cenere e macerie.

Era andato a informarsi presso l'abitazione piú vicina. Qui gli avevano detto che c'era stato uno scontro, dopo che qualcuno del dormitorio pubblico era stato pugnalato. Gli altri pensionanti, ritenendo che l'assassino provenisse dalla baraccopoli, avevano pensato bene di vendicarsi appiccando il fuoco. La polizia era stata avvertita, ma le cose erano andate come al solito. Le forze dell'ordine erano arrivate senza fretta, quando ormai era troppo tardi per fermare gli incendiari. Il fuoco si era propagato a una velocità tale che gli abitanti delle baracche avevano appena avuto il tempo di mettere in salvo se stessi. Piú tardi qualcuno era tornato indietro per recuperare quel poco che non era stato divorato dalle fiamme.

Sipho sentí seccarglisi la gola. Non riusciva a parlare. La testa stava per scoppiargli. Vide le fiamme lambire le tende vicino al letto di sua madre, divampare sulle coperte, avvolgere il suo materasso, le scatole di cartone, il tavolo... il fumo riempire la stanza fino ad annebbiare la vista. Ma sua madre dov'era? Era saltata giú dal letto in tempo? O si muoveva cosí a rilento da non essere riuscita a raggiungere la porta? Oppure si era fermata a mezza strada per strappare alle fiamme un fagottino piangente, avvolto in uno scialle?

— Sono sicuro che tua madre sta bene — disse fratello Zack, ma le sue parole non avevano quasi senso. — Mi hanno detto che parecchie persone sono scampate all'incendio.

Sipho si sforzò di parlare: — Ma dove sono andati?

— È quello che cercherò di scoprire, Sipho. Non stare troppo in ansia. Troveremo tua madre.

Passandogli un braccio intorno alle spalle, fratello Zack strinse a sé Sipho per qualche secondo, prima di chiedergli se gli veniva in mente qualche parente o amico a cui sua madre avrebbe potuto rivolgersi. In questo caso fratello Zack li avrebbe rintracciati, oltre a mettersi in contatto con i parroci e altre persone che lavoravano nella comunità. Qualcuno doveva pur sapere qualcosa.

Quella sera Sipho non volle mangiare. Dopo il colloquio con fratello Zack, era andato a buttarsi sul letto e si rifiutava di scendere. Non volle parlare nemmeno con Jabu. Il giorno dopo era sabato e, benché avesse fatto la sua parte di pulizie, rifiutò nuovamente di unirsi alle attività. Gli altri sarebbero andati a disputare un incontro di calcio contro la squadra di una scuola della periferia. L'autobus della scuola doveva venire a prenderli. Sipho aveva sentito parlare dei vasti campi sportivi appartenenti alla scuola. Nella *township* giocavano a pallone per strada.

Jabu provò a persuaderlo.

— Andiamo, *buti*! Ti farà bene uscire un po'.

Ma Sipho era inamovibile. Non sarebbe andato da nessuna parte. Alla fine, sorella Pauline gli concesse di restare.

— Preparerò qualche coccarda per la Giornata della Pace di domani. Tu mi darai una mano, non è vero, Sipho? — disse.

Lui non rispose nulla. Sarebbe stato difficile dire di no a sorella Pauline.

Tuttavia né la Giornata della Pace né il meeting lo attiravano piú. Prima gli era sembrata una bella idea quella di cantare con altri ragazzi per le strade. Ora però era confuso. La pace era una buona cosa e lui la desiderava come tutti gli altri. Ma il pensiero degli uomini che avevano dato alle fiamme la casa di sua madre lo rendeva furioso. Sentiva la rabbia montargli dentro. Sua mamma non aveva fatto niente di male. E allora perché avevano bruciato anche la loro casa? Un altro pensiero si insinuò nella sua mente: se fosse stato il patrigno a rimanere intrappolato tra le lamiere invece di sua madre, non gliene sarebbe importato.

Seduto accanto a sorella Pauline, la aiutò a tagliare i fiocchi bianchi e blu prima di annodarli insieme. Lei lo lasciò lavorare in silenzio e Sipho gliene fu grato. Dopodiché le diede una mano a preparare i panini per il pranzo al sacco da portare al meeting. Sorella Pauline sembrava pensare a tutto. Forse sarebbe andato anche lui con gli altri, ma nessuno… nessuno poteva obbligarlo a cantare.

22

“Noi siamo il futuro...”

“Noi siamo il futuro, l’anima di questo Paese...”

Le voci si levarono tutt’intorno a Sipho. La lunga catena di giovani che si tenevano per mano si estendeva lungo la china della collina a perdita d’occhio. Come aveva detto la maestra Lindi, bambini bianchi e neri erano radunati tutti insieme. Il blu e il bianco risplendevano al sole, risaltando tra tutti i colori. Bianche colombe spiccavano sul blu di cappelli, magliette, striscioni e coccarde. Il cielo stesso sembrava indossare i colori della pace: nuvole bianche su sfondo azzurro.

Sipho stringeva la mano di Jabu da una parte e quella della maestra Lindi dall’altra. Gli insegnanti della scuola li avevano raggiunti alla casa e tutti insieme si erano messi in marcia per unirsi alla Catena della Pace. In realtà, piú che una marcia era stata una maratona, perché dovevano stare al passo con il signor M. Per strada, la gente si era fermata a osservarli sfilare, con il loro striscione inneggiante alla PACE e le coccarde bianche e blu appuntate sul petto. Diverse mani si erano levate in segno di saluto e alcuni li avevano addirittura incitati ad alta voce. Soltanto in pochi avevano riservato loro sguardi ostili. All’aspro commento da parte di un passante, formulato a voce sufficientemente alta perché potessero sentirlo, Jabu aveva ribattuto prontamente: — Le puzzole non sanno di puzzare!

— Anche le puzzole dovranno imparare a ricominciare da capo nel nuovo Sudafrica, eh Jabu! — aveva scherzato il maestro Joe.

Anche se non stava cantando, era difficile per Sipho non farsi prendere almeno in parte dall'eccitazione generale. Ma, a un certo punto, una parola della canzone rinnovò il suo turbamento.

"Guardatevi attorno, prendetevi per mano,
lasciate sgorgare la pace,
lasciate che l'amore infiammi i vostri cuori..."

Fiamme. Il blu e il bianco svanirono ancora una volta, sopraffatti dall'immagine di un incendio. Rosso, grigio e nero. Fuoco, fumo e cenere. Come poteva cantare quella canzone? Eppure Jabu stava cantando. Anche la casa di sua madre probabilmente era stata ridotta in cenere. E lui, non era arrabbiato e desideroso di vendicarsi? Una cosa del genere, però, avrebbe significato che le violenze sarebbero andate avanti per sempre.

La maestra Lindi gli strinse la mano con piú forza, mentre la sua voce si levava in alto a modulare le ultime strofe della canzone:

"Daremmo qualsiasi cosa
per vedere tutti quanti tenersi per mano."

Queste parole riecheggiarono nel silenzio che seguí. Molti chinarono il capo. Sipho fece lo stesso, benché trovasse inutile mettersi a pregare. Che senso aveva, quando continuavano ad accadere tante brutte cose? Ma se c'erano una speranza o una preghiera che potessero realizzarsi... ecco, lui desiderava che sua madre e il bambino fossero salvi.

Piú tardi, allo stadio, Sipho pensò che non aveva mai visto cosí tanti giovani riuniti insieme. Gli altoparlanti diffondevano i vari discorsi.

«I giovani devono dire agli adulti di smetterla con l'odio e la violenza...»

La folla applaudí.

«I giovani devono alzare la voce e farsi sentire...»

Un altro applauso.

«Ora è tempo di guardare avanti. Noi vogliamo un futuro!»

Il pubblico, in coro:

"Noi ti amiamo, Sudafrica,
nostra meravigliosa terra..."

I corpi ondeggiavano al suono della musica. Era impossibile non farsi coinvolgere. Jabu sorrise, nel vedere che finalmente Sipho cominciava a sciogliersi. — Diamo un'occhiata in giro — propose.

Si fecero strada attraverso la folla per raggiungere la base delle tribune e Jabu si diresse verso il palco dove si trovavano gli oratori e i cantanti.

— Voglio vedere in faccia il DJ!

Era quasi fuori dalla calca, quando Sipho sentí qualcuno chiamare il suo nome. Si guardò intorno, ma non vide nessuno e pensò di essersi sbagliato. Il richiamo però si ripeté e stavolta la voce gli suonò familiare. Era quella di una ragazza.

— Sipho, aspetta, per favore! Stiamo arrivando!

Sembrava proprio Judy. Era lí? Scrutò la folla senza riuscire a individuarla. C'erano cosí tante persone. Jabu era andato avanti. Sipho non era sicuro di volerla incontrare.

Tuttavia, prima ancora che potesse decidere se andarsene o restare, vide Judy davanti a sé, che avanzava a fatica in mezzo alla confusione, seguita da Portia. Aveva i capelli acconciati in lunghe treccine color grano, intrecciate a nastrini bianchi e blu, come quelle di Portia. Le due ragazze sembrarono molto contente di vederlo.

— Sono cosí felice di vederti, Sipho! Come te la passi? — Judy parlò in fretta, con voce leggermente affannata e impaziente.

— Bene — rispose Sipho, senza sorridere.

— Judy era molto preoccupata quando te ne sei andato — soggiunse Portia.

— Non avresti dovuto permettere a David di trattarti cosí — disse Judy con irruenza. — Quel biglietto era ignobile. Perfino David lo ha ammesso, dopo che tu te ne sei andato. Papà si è arrabbiato un sacco con lui.

Ma non si trattava soltanto del biglietto. E nemmeno di David. Non lo capiva? Sipho distolse lo sguardo. Come faceva a spiegarglielo? Doveva andarsene, ritrovare Jabu e mettere fine a quella conversazione.

— Tuo padre a volte sconcerta anche me — disse Portia a voce bassa.

Nonostante il frastuono, Sipho era certo di aver capito bene e tutt'a un tratto gli venne in mente una cosa a cui non aveva mai pensato. Portia sembrava sempre felice di stare con Judy, ma come si sentiva a casa del signor Danny? Non poteva essere che a volte il signor Danny e David dicessero cose che la mettevano in imbarazzo... anche se era la migliore amica di Judy? Sipho vide Judy voltarsi verso Portia, come per chiederle spiegazioni.

Furono interrotti da un'improvvisa esplosione di musica e da Jabu che ricomparve tra la folla.

— Su, sbrigati! Oh... — Jabu si fermò di colpo nel vedere le due ragazzine. — Perché non mi presenti?

Le ragazze scoppiarono a ridere e Sipho presentò loro il suo amico.

— Ciao, Jabu! — esclamarono in coro Judy e Portia.

— Siete venuti qui da soli o in gruppo? — domandò Portia.

Sipho spiegò che erano insieme al gruppo di Casa Themba.

— Non è distante da Hillbrow, vero? Qualche volta almeno potresti venire a trovarci, Sipho. Mi farebbe molto piacere, e anche ad Ada. È stata parecchio in pensiero per te. — Parlava con un tono convinto. Guardando Jabu, aggiunse: — E puoi portare anche il tuo amico.

— Molto volentieri! — gioí lui.

Ma Sipho aveva un nodo in gola. Davvero Judy non riusciva a capire il vero motivo della sua fuga?

— Una volta Jabu è venuto fino a casa tua, ma non è entrato — replicò Sipho.

— Perché no? — Gli occhi azzurri di Judy si rabbuiarono.

Sipho fu tentato di scrollare semplicemente le spalle, senza degnarsi di rispondere. Ci poteva arrivare da sola. Invece rispose bruscamente: — Chiedilo a tuo padre e a tuo fratello.

Judy arrossí. — Sembri arrabbiato con me, Sipho... Mi dispiace davvero per quello che è successo. Sai bene che discuto con papà e con David quando mi pare che abbiano torto... ma non posso farci niente se non la pensano come me!

— Ehi, calma, *buti*! Basta con le polemiche! — si intromise Jabu. — Oggi è la giornata della pace e dell'amore! Rimandate le discussioni a un altro giorno.

Come se avesse sentito le parole di Jabu, una voce dall'altoparlante invitò tutti quanti a scendere dalle tribune per raccogliersi nel campo da gioco e darsi la mano per la canzone finale. Sipho si ritrovò tra Portia e Judy, in un trenino di persone che si faceva strada attraverso il campo. Un nugolo di palloncini azzurri con il disegno di una colomba bianca si levò sopra le loro teste, dapprima in un gruppo compatto e quindi disperdendosi in direzioni diverse. Le braccia di Sipho oscillavano insieme a quelle di tutti gli altri al ritmo della musica e da una parte e dall'altra poteva sentire le voci di Portia e Judy intonare:

"Dimentichiamo il passato
e costruiamo una nuova nazione."

Come poteva dimenticare quello che gli era successo? E le cose brutte che continuavano a succedere? Dentro di lui sentiva una voce che diceva di non credere a quelle parole. Ma quando la canzone arrivò alla strofa finale, la voce tacque. Magari quelle parole avessero potuto diventare realtà.

"Sorella, fratello
mamma, papà
smettete di uccidervi tra di voi.
Che la Pace sia nel nostro Paese."

23

Sogni

Seduto tra sorella Pauline e una giovane donna con una bambina in braccio, Sipho cercava di guardare fuori dai finestrini polverosi del taxi che procedeva sobbalzando, per via delle buche della strada. Ogni scossone sballottava la bimba in grembo alla madre. Tra una scossa e l'altra, il suo faccino dai grandi occhi e dalle guanciotte lucide fissava Sipho. A una curva presa a velocità troppo elevata, Sipho aprí di scatto la mano e la piccina gli afferrò un dito.

— Le piaci — rise la madre.

— Presto la tua sorellina sarà grande come lei — aggiunse sorella Pauline.

La bambina fissò seriamente sorella Pauline e poi guardò di nuovo Sipho, senza smettere di stringergli il dito. La boccuccia si aprí in un sorriso che lasciava intravedere due minuscoli denti bianchi. Malgrado il nodo allo stomaco, Sipho le rispose con un breve sorriso, prima di voltarsi di nuovo a guardare fuori dal finestrino. Sembrava passato un sacco di tempo da quando era salito su un taxi diretto nel verso opposto. Ripensò a come gli batteva forte il cuore il giorno in cui era fuggito. E ora che stava tornando indietro, gli succedeva la stessa cosa. Non poteva fare a meno di sentirsi emozionato all'idea di rivedere sua madre e la sua sorellina. La mamma sarebbe stata arrabbiata con lui? Che cosa gli avrebbe detto? E poteva star sicuro che la persona che temeva di piú al mondo non si sarebbe fatta viva?

— Il tuo patrigno non ci sarà. Tua madre me lo ha promesso. Andrai a trovarla quando lui sarà via. Non vede l'ora di riabbracciarti.

Cosí gli aveva detto fratello Zack, per comunicargli che aveva rintracciato sua madre. Era stato un prete a dirgli dove poteva trovarla. Era bastato che fratello Zack nominasse una donna incinta perché il prete capisse immediatamente di chi si trattava. La notte in cui era scoppiato l'incendio, molti si erano rifugiati nella sua chiesa. Le doglie della mamma erano cominciate quella notte stessa e il sacerdote l'aveva accompagnata di persona all'ospedale. Un suo parrocchiano aveva accettato di ospitare per un po' madre e figlio in una rimessa nel cortile di casa sua. Ma erano nati subito dei problemi. Benché l'ambiente fosse molto piccolo, il suo patrigno aveva insistito per starci anche lui. C'era stato un litigio con i proprietari, e adesso loro volevano che la mamma si trovasse un altro posto dove stare.

Fuori, la vista delle case di mattoni annerite dal fumo, senza tetto né finestre, sgomentò Sipho. Le violenze degli uomini del dormitorio si erano spinte fin là? Il taxi non sarebbe passato davanti al dormitorio né si sarebbe addentrato nel cuore della *township*, dove prima abitava la mamma. I tassisti in genere si mantenevano sulle strade piú sicure. Ma ormai sembrava che nessun posto lo fosse. Proprio nessuno.

Il taxi si arrestò bruscamente di fronte a una strada commerciale. Alcune vetrine erano cniuse con assi, altre avevano la saracinesca abbassata e i muri erano scrostati. Uno strato di polvere ricopriva il marciapiede e gli scalini che conducevano ai negozi.

— Dobbiamo proseguire a piedi — disse sorella Pauline.

All'angolo, un gruppo di uomini occupati a giocare a carte alzò lo sguardo su loro due. Piú avanti, alcuni bambini quasi finirono addosso a Sipho, mentre giocavano a far correre una ruota spingendola con un bastone. Anche nel bel mezzo della settimana, c'era un mucchio di gente in giro. Tutti gli sfaccendati della città. Sipho si guardò nervosamente intorno. La mamma aveva detto a fratello Zack che il suo patrigno sarebbe stato fuori casa. E se lo avessero incontrato per strada? Sorella Pauline non sarebbe stata in grado di proteggerlo. Come non lo era stata sua madre. Magari il patrigno non lo avrebbe agguantato in mezzo alla strada, ma Sipho non sarebbe certo rimasto ad aspettarlo e avrebbe cominciato a correre piú forte che mai.

Al numero 153, dietro un cancello e una rete metallica, c'era una piccola costruzione in mattoni, di un colore piú scuro dell'arida terra rossa circostante.

— Prima di passare sul retro, andiamo a salutare i padroni di casa — bisbigliò sorella Pauline, conducendo Sipho di fronte alla porta d'ingresso.

Nessuno venne ad aprire, cosí fecero il giro della casa. Nel cortile accanto, una signora occupata a stendere i panni si fermò a salutarli. Dietro di lei spuntarono due bambini piccoli che si lanciarono verso la rete metallica per scrutare Sipho.

— Siamo venuti a far visita alla signora che vive qui nel retro — spiegò sorella Pauline.

— *Kulungile*, *Mama*... va bene. È là dentro con la bimba. — La donna indicò un piccolo capanno di lamiere. Un filo da bucato era teso attraverso il cortile, tra un albero spoglio e l'angolo della casa. Qualche pezza bagnata di cotone bianco e un paio di camiciole erano esposte alla luce del sole. Accanto al capanno c'era una tinozza piena d'acqua e, stando alle chiazze umide per terra, non doveva essere passato molto da quando sua madre aveva fatto il bucato.

— Chi è il giovanotto? — domandò la vicina osservando Sipho.

— È suo figlio — rispose sorella Pauline.

Prima che la vicina potesse aggiungere altro, la porta del capanno sbatté, aprendosi rumorosamente. Ne uscí fuori sua madre, con in braccio un neonato avvolto in uno scialle bianco.

Vedendola illuminarsi, il primo impulso di Sipho fu di correrle incontro e gettarsi tra le sue braccia, ma si trattenne, indeciso sul da farsi. Rimase a fianco di sorella Pauline, ed entrambi chinarono il capo per passare sotto i panni stesi e andare incontro a sua madre che li stava salutando.

— Sono passate parecchie settimane dall'ultima volta che ti ho visto, figlio mio. Mi sembra che tu sia diventato piú alto.

Aveva i lineamenti tirati, ma sorrideva. I suoi occhi parevano chiamarlo e Sipho era certo che lo avrebbe stretto tra le braccia, se si fosse avvicinato, ma continuava a tenersi goffamente in disparte. Dopo essersi passato la manica sul viso, abbassò lo sguardo mentre sorella Pauline si presentava.

Seguirono sua madre all'interno del capanno. Era grande la metà della baracca in cui vivevano prima. Gettato sul pavimento c'era un materasso singolo, e di fronte alcune cassette di legno. Su una era posato un fornelletto con un'unica pentola e, accatastati sotto, un paio di piatti e di tazze. Un sacchetto di farina d'avena e altre cibarie erano ammucchiati in un angolo. C'era appena lo spazio sufficiente per loro tre in piedi. Sua madre lasciò la porta aperta per far entrare la luce, perché quella che filtrava attraverso una finestrella laterale era decisamente scarsa.

— Siediti sul materasso, cosí potrai tenere in braccio tua sorella.

Delicatamente, sua madre gli affidò la bambina. Lei e sorella Pauline si sedettero ciascuna su una cassetta. Sipho abbassò lo sguardo su quel visetto: le minuscole palpebre e la bocca si contraevano nel sonno.

— Come si chiama, mamma?

— Thembi. È la mia speranza. Tu mi avevi abbandonato, figlio mio.

La voce di sua madre tremava e Sipho non sapeva che cosa dire. Era la verità.

— Quando sei nato tu, ti ho chiamato Sipho perché eri un dono per me. Non sapevo che un giorno avrei perso il mio dono. Ma ora lo so. I bambini sono la nostra unica speranza.

— È vero — convenne sorella Pauline. — Per questo motivo abbiamo chiamato "Themba" la nostra casa. È un luogo di speranza.

Sipho rimase per un po' ad ascoltare le due donne, senza smettere un istante di guardare la piccola Thembi che dormiva. Di tanto in tanto le accarezzava delicatamente la testa, in attesa di vederla muoversi. Sperava che si svegliasse, in modo che anche lei potesse guardarlo in faccia. Quando sorella Pauline cominciò a parlare di *malunde*, Sipho si sentí incoraggiato a unirsi alla conversazione e a raccontare poco alla volta come aveva vissuto. Cominciava a rilassarsi e sua madre, dopo aver messo a bollire dell'acqua per il tè, aspettò che lui finisse di bere prima di riempire la tazza anche per sé. Tuttavia, c'erano cose che Sipho non le disse. Evitò di accennare all'*iglue* e non fece parola dell'aggressione, del *gumba-gumba*, del lago o dell'uomo con la bottiglia rotta.

— È vero, bambino mio, che sei stato ospite di una famiglia bianca? — Fratello Zack doveva averle detto qualcosa a proposito del signor Danny.

— Lavoravo al negozio, mamma, e il proprietario, il signor Danny, mi ha portato a casa sua… ma suo figlio non voleva che io stessi con loro. Soltanto sua figlia… lei è stata gentile con me.

— Vedo che hai imparato un mucchio di cose — commentò sua madre placidamente.

C'era un velo di tristezza nei suoi occhi. Non aveva

detto niente dei soldi che Sipho le aveva rubato dal borsellino. Né della sua fuga. Aveva bisogno di sapere se sua madre era ancora arrabbiata con lui.

— Mi dispiace di aver preso i tuoi soldi, mamma... Non sapevo come pagare il taxi... Dovevo fuggire da lui, mamma...

L'aveva detto... finalmente gli era uscito di bocca. Adesso sua madre gli avrebbe fatto una predica sul suo patrigno? Non l'avrebbe sopportato. Ma, con la bimba addormentata tra le braccia, Sipho non poteva certo scappare a gambe levate. Fece un respiro profondo e aspettò di sentire quello che la madre aveva da dirgli.

La prima a parlare fu sorella Pauline.

— Molti *malunde* scappano di casa per via di problemi con il patrigno. Capita spesso, specialmente quando il patrigno è sotto pressione... senza un lavoro e senza soldi.

Seguí un lungo silenzio. Sipho si morse il labbro e guardò sua madre. Con sua grande sorpresa e costernazione, una lacrima le rigava una guancia.

— Sono stata cosí male quando lui è scappato. Era come se fossi stata io a cacciare il mio bambino... perché mio marito era sempre in collera con lui... e io non potevo farci niente...

La voce della mamma si spezzò. Sorella Pauline le prese le mani tra le sue.

— Non sia troppo severa con se stessa, cara. La vita è dura e tutti noi dobbiamo imparare ad affrontarla.

Sipho rimase seduto a cullare delicatamente la bimba, riflettendo sulle parole di sua madre. Non era arrabbiata con lui. Dava la colpa a se stessa. E pensare che l'aveva ritenuta responsabile di aver lasciato che il suo patrigno lo picchiasse. Senza rendersi conto di quello che anche lei aveva dovuto passare. La mamma stava raccontando a sorella Pauline che suo marito era deciso a trovarsi un lavoro. Sembrava che stessero cercando manovali per sistemare le strade. Ecco perché non c'era, quel giorno. Non appena avesse cominciato a guadagnare qualcosa, era sicura che sarebbe tornato a essere l'uomo che aveva conosciuto. Allora avrebbero potuto permettersi di prendere in affitto una casa come si deve, abbastanza grande per tutta la famiglia, e magari...

Sua madre non finí la frase. Sipho aveva dichiarato di non volere ritornare a casa finché ci fosse stato anche il suo patrigno. Fratello Zack doveva averla informata. Quello di cui sua madre stava parlando era soltanto un sogno a occhi aperti.

— Capisco i suoi sentimenti, *Mama* — intervenne sorella Pauline — e so che desidera con tutto il cuore che suo marito cambi. Ma come la mettiamo con il bere?

Di colpo, la mamma sembrò avvilita.

— Lei vuole che Sipho torni a casa e anche noi lo vogliamo. Ma non potrà farlo finché suo marito continuerà a ubriacarsi e a picchiarlo. Scapperebbe un'altra volta.

— Capisco — disse quietamente sua madre.

Sipho ascoltò con attenzione il dialogo. Si rendeva conto che sorella Pauline stava tentando di far capire con molta delicatezza a sua madre che non doveva basare tutte le sue speranze sul fatto che suo marito sarebbe cambiato... e che se davvero voleva Sipho con sé, doveva essere in grado di offrirgli un tetto sicuro. E anche a Thembi. Insomma, sorella Pauline stava chiedendo a sua madre di pensare a ciò che avrebbe potuto fare in prima persona per risolvere la situazione. All'improvviso gli balenò in mente quello che Judy gli aveva detto una volta a proposito di *Mama* Ada... che si era sbarazzata del marito ubriacone. *Mama* Ada sembrava una persona estremamente forte e assennata. Ma una volta, magari, era stata anche lei come la mamma.

— Ci dia l'opportunità di lavorare insieme — stava dicendo sorella Pauline. — Sipho resterà con noi per un po', mentre intanto lei pensa a una soluzione. Non siamo Dio, *Mama*, ma possiamo provare a darle una mano. Le donne devono imparare a farsi forza.

Thembi sbatté le palpebre e aprí gli occhi grandi e fiduciosi su Sipho.

— *Sawubona*, Thembi! Ciao, sorellina! Fatti vedere per bene, ora che sei sveglia.

Sipho la sollevò di fronte a sé, reggendole la testolina malferma con la mano. Dava una sensazione di solidità e delicatezza allo stesso tempo.

— Accidenti come ti guarda! — disse ridendo sorella Pauline. — Quando sarà un po' piú grande non vorrà piú staccarsi da te!

Sorella Pauline e la mamma parlarono di bambini per alcuni minuti, mentre Sipho e Thembi continuavano a esaminarsi a vicenda. Poi sorella Pauline si alzò.

— È ora di andare per noi, *Mama*. Ha il nostro numero di telefono. Non esiti a chiamare me o fratello Zack in qualsiasi momento.

Con Thembi sulle spalle, sua madre li accompagnò per un pezzo. Di fronte alla fila dei negozi, un taxi stava caricando i clienti.

— *Sala kahle*, *Mama*. — Sorella Pauline strinse la mano alla mamma. — Ci prenderemo cura di suo figlio.

— Tornerai a trovare me e la tua sorellina, Sipho?

La voce di sua madre era soffocata e gli occhi erano umidi. Lottava per ricacciare indietro le lacrime. Cingendola con le braccia, Sipho la strinse forte a sé. Le braccia della mamma si chiusero su di lui. Sentí i singhiozzi gonfiarglisi dentro e riuscí a ricacciarli indietro con grande sforzo. Sciogliendosi dall'abbraccio, promise che sarebbe tornato.

— Ho un regalo da portare a Thembi, mamma — disse, senza specificare di che cosa si trattasse.

Mettendo da parte i soldi che fratello Zack distribuiva il venerdí, avrebbe comprato il piccolo rinoceronte di legno. Quello sarebbe stato il suo regalo speciale per la sorellina. Quando avesse imparato a stare seduta avrebbe potuto stringerlo nel pugno e la mamma avrebbe inventato tante storie per lei, come faceva Gogo con lui quando era piccolo.

Dal vetro posteriore del taxi, Sipho rimase voltato a guardare sua madre che agitava la mano e si faceva sempre piú piccola. Continuò a rispondere al suo saluto finché non si ridusse a un puntino lontano. Rimettendosi composto, serrò le labbra, consapevole del fatto che gli altri passeggeri lo stavano osservando. Sorella Pauline gli passò un braccio intorno alle spalle e lo strinse a sé. Sipho si ricordò di quello che gli aveva detto la prima volta che si erano incontrati. Piangere fa bene… quando piangi, capisci quello che hai in fondo al cuore. Gli occhi di Sipho si gonfiarono di lacrime. La mamma aveva i suoi sogni, e cosí lui. Se solo fosse riuscita a essere forte… come *Mama* Ada. Forse i sogni di sua madre non si sarebbero realizzati, ma i suoi sí. Se avesse continuato ad andare a scuola, un giorno avrebbe potuto trovarsi un lavoro e una casa. E la mamma e Thembi avrebbero potuto venire a stare da lui. Loro facevano parte del suo sogno… Sipho lasciò che le lacrime sgorgassero liberamente.

Glossario

amatrolley	(misto di zulu e inglese) carrello per la spesa
baasie	(afrikaans) padroncino
baba	(zulu) padre
bafana	(zulu) ragazzi
bhiyo	(derivato dall'americano "bioscope") cinema
bra	(slang) fratello
buti	(afrikaans) fratello, usato nel senso di "amico"
cha!	(zulu) no!
gumba-gumba	(dallo zulu "umgumba", la lunga coda di un uccello) furgone della polizia
hamba kahle	(zulu; la lettera "k" si pronuncia "gh" e il dittongo "hl" si pronuncia "ll") "Stammi bene" o "A presto"
hawu!	(zulu) espressione di sgomento o sorpresa
hayi!	(zulu) no!
heyta!	(zulu) salve!
iglue	(derivata dalla parola inglese "glue" [colla]) colla
ja	(afrikaans; pronuncia: "ia") sí
Jabu	(la "j" si pronuncia all'inglese; "injabulo" in zulu) gioia
kulungile	(zulu) "Va bene"

magents	(slang) signori
malunde	(slang zulu) persona che vive per strada
Matomatoes	(slang) uomo dalla faccia rossa
mbamba	(zulu) birra
mealies	(dall'afrikaans "mielie") granturco
mfana	(zulu) ragazzo
pozzie	(slang) rifugio o posto sicuro
rand	moneta sudafricana: 1 rand: 100 centesimi
sala kahle	(zulu, la "k" si pronuncia "gh" e il dittongo "hl", "ll") "Stammi bene" o "Addio"
sawubona	(zulu) espressione di saluto generica
scheme	(slang) banda
shesha!	(zulu) Presto!
Sipho	(si pronuncia "Sipo"; "isipho" in zulu) dono
stompie	(afrikaans) mozzicone di sigaretta
takkies	scarpe di tela con suole di gomma
Themba	(si pronuncia "temba"; "ithemba" in zulu) fiducia o speranza
tiekie-dice	(misto di afrikaans e inglese) gioco d'azzardo con spiccioli e due dadi
tsotsi	(Sotho) gangster o criminale sanguinario
umlungu	(zulu) persona di razza bianca
umrabaraba	(zulu) gioco simile alla dama
vuilgoed	(afrikaans; la "v" si pronuncia "f" e la "g" è gutturale) immondizia, lerciume
we bafana!	(zulu) "Ehi ragazzi!"
yebo	(zulu) sí

Ringraziamenti

Devo un particolare riconoscimento a diverse persone che lavorano al centro di accoglienza Street-Wise di Johannesburg: Jill Swart-Kruger, per il suo impagabile lavoro di ricerca con i bambini di strada; Knox Mogashoa, direttore del centro; Nomfundo Gwaai, educatore; Webster Nhlanhla Nxele, aiuto educatore; e i bambini stessi per la loro disponibilità durante i seminari. Uno speciale ringraziamento va inoltre a Martha Mokgoko, direttrice dello Speak Barefoot Teacher Training Project di Alexandra e agli insegnanti per i loro preziosi consigli all'inizio e nella fase finale di questo lavoro. Ringrazio Pippa Stein, del Dipartimento di Studi di Lingue Applicate all'Università del Witwatersrand, per il suo aiuto. Un sentito ringraziamento alla mia collega e compagna d'armi Olusola Oyeleye per la sua collaborazione durante il seminario che ha preceduto la stesura del romanzo. Grazie anche ai molti giovani che hanno commentato con perspicacia la bozza finale del romanzo, tra cui Sibi Madlingozi, Louise Gerardy, Jongisa Klaas, Zipho Nonganga, Deepa Daya, Saleha Seedat, Leigh van den Berg, Kathy Hansford e la loro insegnante Lesley Foster del Collegio femminile Port Elizabeth, Sudafrica; l'intera classe quinta dell'anno scolastico 1994 e il loro insegnante Michael Phillips della Scuola elementare Orange Grove di Johannesburg, cui si aggiungono Ben Holman, Emily Whitehouse, David Myhill e Rosa Bransky in Inghilterra e Aidin Carey a Boston, U.S.A. I miei ringraziamenti vanno a Rosemary Stones della Viking Children's Books per il suo incoraggiamento e desidero infine ringraziare mia figlia Maya, la mia prima lettrice, e mio marito Nandha, il nostro meraviglioso cuoco.

Indice

JUNIOR SUPER

2. Robert Westall
La grande avventura
4. Andrea Molesini
All'ombra del lungo camino
7. Robert Westall
Blitzcat
10. Robert Westall
Una macchina da guerra
15. Gerald Durrell
Mia cugina Rosy
16. Alki Zei
La storia di Petros
17. Jerry Spinelli
La tessera della biblioteca
19. Christopher Paul Curtis
Alabama 1963
20. Leon Garfield
Smith, uno strano ladro nella strana Londra
24. Xavier-Laurent Petit
L'oasi
29. Leon Garfield
Gli apprendisti
32. Robert Westall
Golfo
33. Geraldine McCaughrean
Il figlio del pirata
37. Jerry Spinelli
Una casa per Jeffrey Magee
40. Melvin Burgess
Dolcemosca e la bambina
41. Josephine Feeney
La mia famiglia e altri disastri
43. Theodore Taylor
La bomba
48. Robert Cormier
Testimone pericoloso
49. Gary Paulsen
L'Uomo delle Volpi
51. Felice Holman
La Città Segreta
52. Harry Mazer
Il cane nel freezer
53. Tim Wynne-Jones
Il Maestro
55. Richard Peck
Il fucile di nonna Dowdel
56. Paola Zannoner
Il vento di Santiago
57. David Almond
Skellig
59. Tim Wynne-Jones
Stephen l'Oscuro
60. David Almond
Il grande gioco
61. Jerome Charyn
Sognando Bataan
62. Tim Wynne-Jones
Il re delle patate fritte
63. Graham Salisbury
I ragazzi di Kailua
64. Kimberly Willis Holt
Il ragazzo-cannone
65. Paul Kroppt
Prometheus e l'Alieno
66. Beverley Naidoo
Non voltarti indietro